*Du même auteur*

*Amour fou*, Notabilia, 2024
*Encore une journée divine*, Notabilia, 2021
*État d'ivresse*, Notabilia, 2019
*Le Bon Fils*, Notabilia, 2016
*La Chance que tu as*, Stock, 2014 (Libretto, 2023)

*Sur l'auteur*

Né en 1980 à Siegen, en Allemagne, Denis Michelis arrive en France à l'âge de cinq ans. Après avoir été rédacteur pour des émissions culturelles sur Arte, il publie son premier roman, *La Chance que tu as*, chez Stock en 2014 (Libretto, 2023). Ses deux romans suivants paraissent chez Notabilia, *Le Bon Fils* (2016, prix des lycéens d'Île-de-France 2018 ; finaliste du prix Médicis) et *État d'ivresse* (2019). Il a également traduit plusieurs romans de l'allemand et de l'anglais, dont *Les Pleureuses*, de Katie Kitamura (Stock, 2017, prix du meilleur roman Points), et *Peur*, de Dirk Kurbjuweit (Delcourt, 2018). Son roman *Encore une journée divine*, paru en 2021 chez Notabilia, a été adapté au théâtre en 2025 par Emmanuel Noblet et interprété par François Cluzet.

# MORTEL NOËL

Denis Michelis

# MORTEL NOËL

roman

NOTAB/LIA

Denis Michelis est représenté par l'agence Trames.
*trames.xyz*



ISBN : 978-2-88983-154-8

À ma mère et à Gilles.

*Pour qui, comment,*
*quand et pourquoi,*
*s'il faut absolument qu'on soit*
*Contre quelqu'un ou quelque chose*
*Je suis pour le soleil couchant,*
*en haut des collines désertes*
*Je suis pour les forêts profondes.*

BARBARA, *Perlimpinpin*

L'histoire pourrait commencer ainsi : *Il était une fois*, de l'autre côté de la frontière, un charmant village niché au cœur d'une petite montagne paisible. Tout autour se déployait une forêt dont le feuillage vert tendre abritait une multitude d'animaux. Lièvres, écureuils, renards, paons, chevreuils, faisans, biches et surtout des cerfs dont on peut parfois croiser le regard blasé au détour d'un bois touffu.

Alors que Noël approche à grands pas, les habitants frissonnent gaiement dans la chaleur rassurante de leurs maisons. Des mains expertes s'activent en cuisine, d'autres se hâtent de parer le sapin de ses plus beaux atours. Dehors, de minuscules flocons commencent à tomber. Légers comme des plumes. Dieu que c'est joli ! D'autant qu'avec la neige vient le temps de l'oubli. Les mauvaises nouvelles s'effacent comme par enchantement. Plus de catastrophes climatiques, de psychopathes grimés en hommes politiques ni d'enfants qui meurent sous les bombes. Tout cela est triste, bien sûr, mais en ces temps de fête, on a le droit de souffler un peu.

D'après la météo, des chutes importantes de neige sont prévues pour bientôt. Ouf. Bientôt l'amnésie totale, bercée par le cri des mômes aux joues cuisantes de froid dévalant les collines sur leurs luges véloces. En attendant, ne pas oublier de remettre une bûchette dans l'âtre, d'allumer les bougies de la couronne de l'avent et de bien remuer la casserole pour ne pas accrocher la soupe.

Alors que chacun vaque sagement à ses occupations, on perçoit dans le lointain le ronronnement d'un moteur. Vroum vroum vroum. Sur la route tortueuse, une Audi roule (un peu trop vite) vers un chalet situé à l'écart du village. Le conducteur, aux mains fermement posées sur le volant, a hâte. La femme à côté de lui, aussi. Vroum ! C'est leur premier séjour en amoureux et *en famille*, un terme qui fait grincer l'adolescent (Oliver) affalé à l'arrière, qui n'est *pas* le fils de l'homme. Un chalet perdu au milieu de nulle part avec un beau-père qui répond au prénom de Klaus, admettez que ça ne présage rien de bon.

Oliver tente de griffonner quelques mots dans son journal intime avant de renoncer. Trop de virages, pas assez de lumière. Le paysage, montueux et torturé, dont l'âpre beauté n'a eu de cesse d'enthousiasmer sa mère, s'est changé en un abstrait vortex d'obscurité. Oliver tressaille. Lui aussi est impatient de se poser dans le douillet de sa chambre. Impatient et inquiet. Vivement qu'il puisse coucher tout cela sur papier.

**20 décembre – matin –** Chalet chelou. Voilà tout ce que j'ai eu la force d'écrire hier à notre arrivée. Nuit noire, insondable. Même pas faim. Sur mon petit balcon j'ai fumé en 2-2 un joint minuscule, le regard rivé sur les ténèbres froides et piquantes, et je suis allé me pieuter direct.

Réveillé aux aurores, genre 6 h 30. Impossible de me rendormir. Derrière la fenêtre quelques flocons tournoyaient aveuglément. Grâce à mes grosses chaussettes en laine, je pouvais glisser tranquillement sur le parquet ciré. Me déplaçant sans bruit, plus vite que mon ombre. Chalet chelou mais moderne. Pas d'escalier qui craque, de portes grinçantes.

Pendant que ma mère et Klaus dormaient à poings fermés en haut, moi je fouinais en bas.

Petit tour en soumsoum, d'abord par la cuisine pour mon café du matin. Avant la première gorgée, je ne suis là pour personne. Noir, sans sucre. Dans un des placards, une boîte XXL de Rice Krispies dont la version allemande précise qu'ils contiennent des vitamines et des minéraux. Enfant, j'adorais les céréales de blé soufflé, désormais je marche à la caféine et ne ressemble plus à ce petit être joufflu dont on ricanait parfois dans les vestiaires de la piscine.

Une aube flamboyante irradiait le salon-salle à manger. Scotché par l'ambiance début *ou* fin du monde (tu choisiras) et par la beauté du sapin de Noël trônant près de la fenêtre.

Il existe une autre pièce au rez-de-chaussée, vraiment petite, avec un lit aux dimensions bizarres. Légèrement surélevé. Une banquette, peut-être ? En tout cas, la moitié de mes jambes pendait dans le vide. Derrière l'escalier : une porte solidement verrouillée ; je suppose qu'elle mène à la cave.

*Chelou* parce qu'on dirait un chalet-témoin. Murs entièrement nus, mobilier de première nécessité et, côté déco, le minimum syndical (à part le sapin). Si tu prends l'exemple de ma chambre, j'ai droit à un lit en bois de pin premier prix, à une armoire bancale montée avec des moufles, et à une table de nuit rudimentaire flanquée d'une lampe de chevet en PVC.

❄

Hier, durant le trajet aux mille virages (impossible de tenir un stylo et de te raconter quoi que ce soit !), Klaus m'a expliqué (comme si sa vie m'intéressait) que ses chalets sont destinés à la location saisonnière et que parfois il en garde un pour lui et, je le cite, pour sa « jolie amoureuse française ».

Klaus parle notre langue grâce à sa chère maman, *seine liebe Mutter*, professeure de français. Jamais il ne cherche ses mots, par contre, côté prononciation, il te fait saigner les oreilles en mode comédie franchouillarde d'une époque où je n'étais pas né. Faut juste se retenir de rire car, en vrai, on ne se moque pas des accents. Ma mère, elle, ça ne la dérange pas, puisque l'amour rend aveugle *et* sourd. Tout en susurrant « ma jolie amoureuse française », Klaus me scrutait bizarrement dans le rétro intérieur, le bras enroulé autour des épaules de ma mère qui n'a pas pu s'empêcher de pousser un couinement.

*Rosenthal*, vallée de roses, c'est le nom de famille de Klaus. Physiquement, il m'inspire plutôt un désert de cailloux. Jamais il n'accroche de sourire sur sa face, ses yeux sont durs comme la banquise, bien que dissimulés derrière des lunettes à monture grossière qui lui donnent un air de cassos.

Quelle idée, aussi, de se maquer avec un mec qui crèche dans un lieu pareil. Ici les forêts sont immenses, denses et obscures. Les montagnes escarpées à mort, leurs sommets super pointus, coiffés de petits chapeaux de glace. Quant aux vallées, étroites et encaissées, si elles ne sont pas impraticables à cause de gros rochers agglutinés en d'abominables constellations, c'est dans l'ombre froide qu'elles se noient. Que celui ou celle qui trouve du plaisir à contempler cette immensité sinistre se fasse connaître. Une nonne tortionnaire, peut-être.

Ma théorie, c'est que les forêts ont été inventées pour perdre les enfants, et les montagnes, pour ne pas les entendre hurler.

❄

Selon ma mère, ce que je considère comme *chelou*, c'est ce qu'on appelle pratique et fonctionnel, comme la plupart des locations saisonnières. Pourquoi aller s'imaginer des choses, Oliver ? Ma mère : toujours prompte à me faire passer pour le gros mytho de service. Mais je l'adore. Presque tout le temps. Elle a une voix trop mignonne, celle d'une petite fille, même quand elle est vénère.

*Pratique et fonctionnel*, OK, admettons. Mais quand tu ne trouves pas un seul livre dans toute la maison, moi je dis : méfiance. Tu me rétorqueras (à raison) que la plupart des gens passent leurs vacances (existence) devant la télé ou l'écran de leur portable. Le mien, au passage, a été confisqué pour le séjour. Une énième punition censée me ramener dans le droit chemin.

❄

Ne pas oublier la description du sapin, tu as raison. Imagine un arbre majestueux, tellement beau qu'il capte le moindre atome de lumière. À chacune de ses branches pendouille gaiement une figurine en bois. En tout, il doit bien y en avoir une centaine. Des personnages à skis, à luge, à cheval, en calèche, le cul calé sur une grosse étoile scintillante, des bonshommes de neige au sourire zarbi, des angelots qui soufflent dans une trompette, tapent sur un tambour, jouent de la harpe ou du clavecin, il y en a même un qui tient un accordéon moitié or, moitié argent, et un autre vautré sur un croissant de lune. Sans oublier une nuée de petits soldats casse-machin, certains vêtus de vert, d'autres de rouge, de jaune, de bleu, tous avec une longue barbichette blanche en mode vieux sages. Je passe sur les bonshommes avec des hauts-de-forme, et tout un tas de clochettes de plein de couleurs différentes.

Impossible de décrocher mon regard. Heureusement qu'en haut j'ai entendu de l'eau couler, puis ma mère pouffer comme une gamine (prendre une douche de nos jours est super drôle), du coup ça m'a tiré de ma transe et je suis remonté incognito dans ma chambre.

❄

Neuf mois que ma mère et Klaus sortent ensemble. Auparavant, monsieur était marié à Liselotte – ils vécurent plus ou moins heureux, n'eurent pas d'enfants, puis un beau matin ils ne purent plus voir leurs gueules respectives. D'après ce que je sais, dès que ma daronne et lui ont officialisé leur couple, Klaus a *immédiatement* demandé le divorce.

– J'ai beaucoup de chance.

– D'avoir trouvé un mec qui change souvent de meuf ?

– Oliver, tu m'as comprise : en général, les hommes mariés mènent une double vie ou te promettent de se séparer.

– Je suis pas spécialiste des hommes mariés. Mais du coup je suis perdu : il a divorcé ou pas ?

– Klaus a contacté un avocat et entrepris les démarches.

– Euh, t'es bien sûre de toi, là ?

– Ne recommence pas.

– Quoi ? Je pose juste une question.

– À tout remettre en question.

– Donc, Klaus est toujours maqué.

– Son ex fait tout pour ralentir la procédure de divorce.

– Méchante ex.

– Elle refuse d'accepter que son couple soit de l'histoire ancienne.

– Ah oui : relou. Faut la buter et le problème sera réglé.

– Oliver !

– Ça va, je déconne.

– S'il te plaît, mon trésor, évite ce genre d'humour pendant les vacances.

– Klaus ne connaît pas le second degré ?

– Klaus aimerait surtout que nous passions un beau réveillon. Tu feras un effort ?

– Je suis déjà fan de ton nouvel amoureux.

– Oh Oliver, j'espère que vous allez bien vous entendre.

J'aurais aimé lui répondre qu'on pouvait voir FAUX CUL clignoter au fond de ses prunelles à des dizaines de kilomètres et qu'il m'inspirait autant confiance qu'un bourreau murmurant à l'oreille de sa victime que tout va bien se passer. En vrai, j'arrive à me contenir. Car même si elle s'illusionne, ma mère a l'air hyper heureuse. La séparation d'avec mon père l'avait bien plombée.

En séance avec le docteur H., j'adopte la même tactique : éviter le cliché du fils jaloux de son beau-père. Surtout depuis le jour où il a été question d'acceptation de la réalité ou carrément de déni. Nous étions tout au début de la thérapie et je m'emballais rapidement. (Au passage, je ne suis ni jaloux ni dans le déni de quoi que ce soit, c'est juste que je ne le sens pas, ce type !)

❄

Dehors, on se les gèle grave. Sans ma super polaire, je me serais transformé en stalagmite. Pas question de s'éterniser. Un tour du chalet, avec un micro-arrêt au niveau de l'abri à bûches adossé à la façade ouest, pile au-dessous de mon mini-balcon.

D'autres traces de pas dans la neige que les miennes et aussi une grosse paire de gants roulés en boule sur un tas de bois. Ils me vont super bien, le père Noël est passé en avance.

**Après-midi** – Les plombs ont sauté deux fois. On finissait de déjeuner. Klaus avait l'air soûlé grave, d'autant que ça n'avait rien à voir avec trop d'appareils branchés en même temps.

– Il va falloir qu'Amer jette un œil.
– C'est qui, Amer ? j'ai demandé.
– Un jeune qui me dépanne pour de menus travaux dans les chalets.

(En clair, un type pas déclaré qui rapplique dès que tu claques des doigts.)

– C'est beau comme prénom, Amer, s'est enthousiasmée ma daronne tout en empilant les assiettes.
– Et ça vient d'où ? j'ai enchaîné.
– Figure-toi, mon garçon, que c'est à la fois d'origine germanique et arabe.
– Stupéfiant, Klaus. Donc on peut être à la fois allemand et rebeu ?
– Oliver, tu aurais pu au moins manger tes légumes !
– Et tu n'as pas touché à tes boulettes ! a renchéri Klaus, dépité.
– Peut-être parce que je suis végétarien.

– Oliver est très difficile, s'est empressée d'ajouter ma mère. Et il fait attention à sa ligne.

– Ah… Le garçon veut être svelte et plaire aux filles.

– Le garçon aimerait surtout qu'après neuf mois, l'amoureux de sa mère se souvienne qu'il ne mange *pas* de viande.

– Je suis sûr, a continué Klaus, imperturbable, que quand tu auras goûté aux *Rinderrouladen* de ma mère, tu changeras d'avis.

– Wesh, c'est quoi le rapport ?

– Je t'ai dit, Oliver, que la maman de Klaus passait Noël avec nous.

– Et moi je répète que je ne mange ni boulettes, ni roulades, ni quoi que ce soit qui contienne un être vivant.

– Que veut dire « wesh », mon garçon ?

Je m'en suis sorti en baratinant une explication du genre qu'on utilise *wesh* comme marque d'étonnement, tout en priant fort qu'il ne commence pas à l'intégrer dans ses phrases à lui.

❄

Cher journal, je pressens que le plus difficile dans cette semaine à venir, ça va être de rester *chill.* Calme, si tu préfères ; j'imagine qu'un journal intime comprend surtout le langage des vieux. Il n'y a pas trente-six solutions, sauf s'en rouler un petit avant de quitter ma chambre. Du coup, lorsque au moment du café Klaus m'a demandé ce que j'aimerais faire cette après-midi, plutôt que de lui répondre foutre le feu à ton chalet chelou et rentrer à la maison, j'ai dit d'un ton posé : acheter des livres. Les deux avaient l'air ravis de la crèche. Ma mère, rassurée que l'interdiction du portable porte ses fruits, et l'autre débilos qui s'est empressé de suggérer une sortie au village. Limite s'il n'a pas ajouté *en famille.* Il se trouve, par le plus grand des hasards, que le bureau de presse (le *Tabak-Lotto-Presse*) vend quelques titres en français.

❄

Sur la route il tombait des flocons de ouf. En temps normal ça prend dix minutes pour se rendre au *Dorf*, mais là, Klaus roulait au pas. Par moments, on devinait une ou deux habitations derrière le rideau de neige, et pour être franc, j'avais la sensation qu'elles se ressemblaient toutes. Ma mère a dû se faire la même réflexion, car elle a brusquement voulu savoir où se trouvaient les autres chalets dont Klaus était l'heureux proprio. Est-ce qu'on pouvait éventuellement en visiter un ? Tu parles d'un programme passionnant !

Klaus, après un moment de flottement, a simplement répondu : pas loin, dans un rayon de dix kilomètres environ. La plupart n'étaient pas habitables, et ce, pour un tas de raisons, parmi lesquelles une plomberie capricieuse. J'ai failli avoir un fou rire quand il a prononcé *capricieuse*, c'était dur de se retenir, alors je me suis abîmé dans la contemplation du paysage brouillé.

De *pas habitables*, ils en sont arrivés à causer de tuyauterie, puis de main-d'œuvre manquante, de métiers manuels qui n'ont plus la côte, et de fil en aiguille, ils en sont arrivés à la conclusion que les jeunes ne veulent plus travailler. J'avais rien demandé, je rêvassais sagement à l'arrière de l'Audi lorsque ma mère m'a pris en exemple.

– Oliver, ce n'est pas qu'il refuse de travailler, mais il trouve que la filière pro c'est, selon ses propos, *la honte.*

– La honte ? a insisté Klaus, alors qu'il sait parfaitement que je n'ai aucune envie d'apprendre la plomberie. C'est pas comme si on n'avait pas eu cette conversation un milliard de fois.

– Putain, mais lâche-moi avec ton bac évier bouché !

– Oliver, ça va pas la tête ? a fait ma mère, outrée à mort.

– Ne parle pas à ta mère sur ce ton. Par ailleurs, au vu de tes notes et de tes récents esclandres, je ne pense pas que tu sois en position de négocier.

En sortant de la voiture, Klaus a décidé de nous splitter en deux groupes. Le premier constitué de ma daronne, à qui il a vivement enjoint de visiter le *Weihnachtsmarkt*, trois cabanons sordides proposant du miel finlandais ou lapon, de l'encens au patchouli et du vin chaud. Le second groupe était celui des hommes.

Ensuite, Klaus a dit à ma mère de ne pas trop traîner à proximité de la *Sporthalle*, le gymnase situé en bordure du village, juste à côté du stade.

C'est quoi, le problème, avec le gymnase ? Pas eu le temps de poser la question que Klaus m'emmenait d'un pas alerte, malgré les trottoirs glissants, vers la boucherie-charcuterie dont l'enseigne lumineuse faisait clignoter un cochon coiffé d'un chapeau claque.

L'antichambre du Diable pour nous, les végés. Tu poses à peine un pied dans la boutique que la gerbe te soulève le cœur.

Ambiance carnaval à la saucisse avec un (gros) faible pour sa déclinaison italienne. Au moins trois cent mille variétés de mortadelle ou de salami, dont certains en forme de cœur. Limite si Klaus ne m'a pas tracté de force vers le comptoir où un jeune apprenti m'attendait avec un cadeau de bienvenue : une tranche de jambon aux herbes de la montagne.

Fallait que je bouffe ça là tout de suite en dépit de mes protestations. Pendant que je mâchais péniblement, l'apprenti, avec sa tête à être né dans un tonneau de choucroute, a demandé si j'étais le fils de Klaus. Hein, quoi ? Un morceau de jambon est resté coincé dans ma glotte. Et l'autre qui ne démentait pas. Je suis sûr qu'il l'a fait exprès pour que je m'étouffe.

❄

Klaus jacte trop, mais alors *vraiment* trop. Pas une microseconde de silence tandis qu'on avançait sous les guirlandes de l'unique rue commerçante. Après m'avoir soûlé avec *seine Kindheit*, cette enfance pour laquelle il semblait éprouver une nostalgie aussi fière que lancinante, il m'a félicité d'avoir surmonté mon aversion pour la viande, puis a embrayé direct sur mon coup de sang dans la bagnole. Pourquoi m'étais-je à ce point emporté contre ma maman tout à l'heure ?

– Laisse-moi réfléchir… Peut-être parce que je n'ai AUCUNE envie de devenir plombier ?

– Et pourtant le pays en manque cruellement.

– Donc je ne choisis pas ma vie, je réponds aux demandes du marché du travail, c'est ça l'idée ?

– Mon garçon, ce sont des métiers nobles qui rapportent beaucoup. Notre apprenti charcutier possède deux maisons secondaires. Toutes les filles des villages alentour veulent l'épouser.

– Si je te redis que je suis végétarien, tu l'oublies dans la seconde ? La neige, ça te rend amnésique ?

– De mon temps, on mangeait ce qu'il y avait dans l'assiette. Pense un peu à ceux qui ont faim. Pense à l'Afrique !

– Tu n'as qu'à leur envoyer un salami en forme de cœur, lol.

– Le respect se perd, comme la conscience d'être privilégié, voilà pourquoi notre monde va mal, Oliver.

– Sinon, c'est quoi le problème avec la *Sporthalle* ?

Silence total. J'ai réajusté mon bonnet et enfoncé les mains dans mes poches malgré mes nouveaux gants. Klaus a fini par me répondre un truc complètement à côté, en mode qu'il fallait soutenir les petits commerçants de proximité, surtout les restaurateurs.

Sur le présentoir pivotant en aluminium blanc du *Tabak Lotto Presse*, il devait y avoir à tout casser dix livres, des romances pour la plupart. Couvertures tape-à-l'œil avec de gros lettrages, couleurs hideuses. Pas question de faire l'effort de lire en allemand des histoires pour meufs aussi peu crédibles. Je me suis donc rabattu sur le seul bouquin en français, intitulé *Mon beau chalet*. Un recueil de contes cruels, contemporains et dérangeants (selon la couverture). Tout ce que j'aime.

Pas encore eu le temps de commencer la lecture, j'ai passé le reste de l'après-midi à épier les allées et venues d'un type. Amer, je suppose. Comme la lumière décline dès 16 heures, il suffit de ne pas allumer la chambre et de coller son front à la porte coulissante. Le mec a passé cent ans à réparer la clôture avant de couper du bois près de la remise. Là, j'ai discrètement ouvert la porte pour avancer sur le balcon à pas de loup. En me penchant doucement au-dessus de la rambarde, j'ai pu l'observer assez distinctement, même dans le jour déclinant. Grand, baraqué, genre il doit bien peser dix kilos de plus que moi, boucles brunes tombant de son bonnet. Je dirais qu'en voyant ses mains nues, j'ai eu pitié. Quelle idée aussi de laisser des gants sans surveillance.

**Tard dans la soirée** – Je me suis excusé. Juste à la fin du dîner, ou plus précisément de ce que les Allemands appellent *Abendbrot*, le pain du soir, avec des miches tellement épaisses que t'as l'impression d'avoir des pierres au fond du bide. M'est revenu en mémoire ce conte où le loup réussit l'exploit de bouffer presque tous les chevreaux d'une même famille, mais comme ils sont encore vivants (il avait oublié de mâcher, ce con), la maman chèvre, armée de ciseaux, profitant de ce qu'il pique un roupillon, lui ouvre la panse et remplace ses petits chéris par de gros cailloux. Au réveil, le loup assoiffé se précipite pour aller boire au puits. Plouf le méchant loup.

Quand tombe la nuit, on ne distingue aucune ombre. La lune est trop haut dans le ciel pour éclairer quoi que ce soit. Mieux vaut ne pas se retrouver dehors. J'ai aussi noté une drôle d'odeur qui monte des arbres et des pierres, une odeur d'os, de moelle.

Si je ressors fumer sur le balcon, je le fais s'effondrer, tellement je me sens LOURD, putain. De toute façon, je vais aller dormir. Trop vanné.

Tu veux que je finisse mon histoire d'abord. À vos ordres, cher journal. Juste te préciser avant ce qui accompagnait le pain du soir : pâté de foie, fromage frais à l'ail, fromages à pâte dure, à pâte molle, et bien sûr plusieurs tonnes de *Wurst* achetées lors de nos emplettes. Tout juste si ma daronne n'a pas poussé un hurlement en découvrant la mortadelle à la pistache et les cœurs en salami. Ah, et j'oubliais les cornichons gros comme des obus, des tomates qui faisaient grave la gueule, et des œufs durs que Klaus a coupés avec *une trancheuse à œufs*, sorte de guillotine multilame. Savait-elle aussi transformer un doigt, un orteil en kébab ?

Alors que j'aidais vaguement ma mère à débarrasser, j'ai murmuré un je suis désolé pour tout à l'heure, je n'aurais pas dû… Puis j'ai baissé la tête comme un brave petit garçon qui reconnaît sa faute, et là, presque instantanément, le pourpre lui est monté aux joues.

Oh Oliver, c'est bien que tu t'excuses, ça me touche beaucoup que tu prennes conscience de ton comportement. Que ce soit en paroles ou en actes. On ne blesse pas les gens, ni avec les mots ni avec les poings, j'espère que peu à peu tu t'en rends compte.

Klaus souriait comme sourient les curés, la tête légèrement penchée sur le côté, ses yeux clignant à peine, encore un peu il allait m'absoudre, ce gros bâtard. Quoi ? Ce n'est pas parce que je joue les repentis après une soirée mortadelle que je baisse la garde. Ce type n'est pas net.

Pourquoi elle a parlé de poings ?

Bonne nuit, mon cher journal. Je me sens déjà glisser dans ce monde de profond silence que j'aime tant. Un monde sans peur, ni souffrance, ni solitude, où je flotte parmi les flocons, petit spectre mélancolique que je suis.

**21 décembre – matin –** Encore réveillé (trop) tôt par Klaus qui ronflait à faire trembler les murs. J'ai tiré la chasse plusieurs fois et fait un bruit de tous les diables dans la salle de bains, mais les deux continuaient de dormir profondément.

Au moins trois cafés pour me rappeler mon prénom ! Sympa, le lever du soleil depuis le salon-salle à manger. En mode aurore sanglante. Mieux vaut rester au chaud. Avec la neige, tombée abondamment cette nuit, c'est comme si des bouts de paysage avaient disparu.

Comme je n'allais pas encore m'extasier devant le sapin (juste un tout petit peu), je me suis tranquillement posé devant la télé. Aux infos régionales, il était question de la *Sporthalle*, qui en réalité sert de centre d'accueil temporaire à des réfugiés. Presque que des mecs. Si j'ai bien capté, ils ont fui l'Irak, l'Afghanistan, la Syrie. Voilà pourquoi Klaus ne voulait pas que ma mère se promène dans le secteur. Les types n'ont pas l'air méchants, juste super déprimés. Pas étonnant si du jour au lendemain tu laisses ta maison pour te retrouver à des milliers de bornes dans une salle aux murs qui s'écaillent avec des rangées de lits de camp et que tu doives faire la queue pour aller pisser.

À la fin du reportage, il y a eu un micro-trottoir, des vioques bien emmitouflés dans leurs manteaux exprimant face caméra leur inquiétude devant cette vague inopinée. Apparemment il y aurait eu pas mal de vols. Cet été, un petit groupe de jeunes se serait introduit à plusieurs reprises dans deux ou trois jardins pour chourrer des fruits et les revendre ensuite en bord de route. L'hiver, c'est le bois de chauffage qui disparaît mystérieusement et qu'on retrouve là aussi sur des étals de fortune à la sortie du village.

Ma mère me demandant si je souhaitais les accompagner au *Freibad*, une vaste piscine extérieure chauffée à vingt-cinq degrés. Avec, en prime, une vue hallucinante sur les montagnes et la possibilité de se détendre dans plusieurs saunas, l'un aromatique, l'autre en bois de pin polaire finlandais.

La vision de Klaus en maillot, puis *sans* maillot, transpirant à grosses gouttes dans une cabane en rondins, m'a assailli avec une telle force que j'ai fermé les yeux quelques instants pour mieux la chasser. Hors de question que je me foute à poil. Ni avec Klaus, ni avec ma mère, ni avec personne ! En tout cas pas dans ces circonstances. On se comprend, mon cher.

– J'ai pas une passion délirante pour la piscine et encore moins pour le sauna, mais merci de l'invit.

– Je crois surtout que c'est à cause de cette pudeur très française.

– Tu veux dire le manque d'envie de voir ma mère et son mec à oualpé ?

– La nudité est naturelle, Oliver, tout comme la sexualité.

– Je veux voir ni ton derche ni celui de ma daronne. Toi comprendre moi ?

– Qu'est-ce qu'un *derche*, mon garçon ?

– Ton cul, si tu préfères. Moi pas vouloir mater ton cul, moi être mal à l'aise avec ce concept.

– Oh Klaus, tu sais qu'en France nous avons un rapport compliqué au corps, surtout les jeunes. Nous irons tous les deux et passerons un bon moment.

Ça se voyait tellement qu'elle kiffait de se retrouver avec son Klaus d'amour la teub aux quatre vents. J'aurais pu en rester là et dire que je comptais passer l'aprem à bouquiner, quand brusquement je me suis entendu dire :

– J'ai vu à la télé que la *Sporthalle* est en réalité un centre de réfugiés. C'est pour ça que tu voulais pas que maman y aille ?

Klaus a posé sa tasse à espresso en esquissant un sourire de big boss sur le point d'annoncer qu'il va te dégager sans indemnités, mais que c'est pour le bien de tous.

– Je pense qu'il est en effet préférable de ne pas prendre de *Risiko.*

– Tu veux dire aucun risque ?

– *Ja, kein Risiko*, mon garçon. Je te rappelle qu'il y a quelques années de cela, dans une grande ville, des centaines de femmes ont porté plainte après avoir subi des agressions la nuit de la Saint-Sylvestre. Les coupables étaient TOUS des demandeurs d'asile fraîchement débarqués sur le territoire.

– Du coup, c'est aussi prévu pour la Saint-Sylvestre ? Ça tombe bien vu qu'on est censés partir avant.

– Oliver, Klaus n'est pas en train de dire que tous les réfugiés sont violents par nature.

– Un peu, quand même…

– Tu te trompes, mon garçon, il s'agit simplement de prendre les précautions nécessaires.

– Ça s'appelle stigmatiser une population. Ça s'appelle du racisme.

– Oliver, personne n'est raciste ici. Klaus a voulu bien faire. Et j'aimerais que tu ne l'accuses pas de ce genre de maux.

– Je n'ai absolument rien contre les étrangers ! Je te signale qu'Amer est un réfugié.

– Ah, le type qui coupe du bois, répare la clôture et reste des heures dehors à se les peler ?

– Je lui ai acheté des gants, donné une de mes *Winterjacken* et deux paires de chaussettes en laine. Sans compter que je le paie au tarif légal.

– Perso, je l'ai vu couper des bûches à mains nues et souffler dedans, tellement il souffrait du froid…

Pas de morale, s'il te plaît. Gants ou pas gants, ce jeune mec est exploité.

– Donc, si je résume : Amer est un bon réfugié, mais les autres, des violeurs en puissance ?

– Oliver, qu'est-ce qui te prend ?

– *Mein Junge*, je te trouve très injuste dans ton jugement. Amer est bien traité et il ne travaille pas qu'aux extérieurs.

– *À* l'extérieur !

– Oliver, quand tu parleras aussi bien allemand que Klaus parle français, tu pourras te permettre de jouer les professeurs.

– Amer a réalisé l'installation électrique dans la plupart des chalets et il sait aussi faire de la plomberie.

– Faut changer de migrant, car ici les plombs sautent sans arrêt. Encore deux fois ce matin. Mon café était tout tiède.

– L'entreprise qui a procédé à l'installation électrique a commis beaucoup d'erreurs. Amer fait ce qu'il peut pour les rattraper, je suis désolé de tous ces ennuis.

– Oh, Klaus, tu n'as pas à t'excuser, ce serait plutôt à mon fils d'arrêter les provocations gratuites, qu'en dis-tu, Oliver ?

Par flemme d'argumenter, j'ai cédé. Et aussi parce que je ne voulais pas gâcher la session grand bain cul-nu à ma daronne. Pardon, Klaus, je n'aurais pas dû, j'ai exagéré et je me suis laissé emporter par mes émotions, LOL. Tout le monde peut offrir des excuses et s'en battre les couilles.

**Après-midi** – Ai commencé la lecture de *Mon beau chalet*. Bien tordu comme j'aime. Dans le premier conte, intitulé « Où sont les enfants ? », il est question d'un vieux papy, l'air tout gentil, qui s'installe dans un village paisible quelques jours avant les fêtes.

Très vite, la rumeur que son sapin est le plus beau de toute la région se répand parmi les villageois. L'arbre en jette, il est vrai. Vigoureux et fier, feuillage vert ponctué de superbes reflets bleus, de belles et longues aiguilles. Le plus ouf reste sa parure : des petites boules étincelantes, bleues, vertes, certaines dans des tons plus sombres. Du matin au soir, le chalet du vieux ne désemplit pas. Parents et enfants se relaient, poussent des cris d'excitation, écarquillent les yeux. À peine sont-ils partis qu'ils n'ont qu'une envie : revenir le plus vite possible pour contempler le bel arbre. Certains d'entre eux d'ailleurs préfèrent ne plus quitter le chalet, veillant jalousement sur le sapin, dormant à peine pour admirer, encore, chacun de ses détails.

Personne ne semble remarquer qu'il manque un enfant à l'appel. Puis un deuxième, et ainsi de suite. Le jour de Noël, il ne reste plus que les parents, à la fois fourbus et excités par leurs nombreuses nuits blanches. Soudain, l'un d'eux décroche l'une des petites boules du sapin. Dans un coin de la pièce, le vieux esquisse un sourire à te glacer jusqu'à la moelle. Ce que la mère tient entre ses mains ressemble étrangement à un œil. Bleu-vert, comme celui... de sa fillette. Où est-elle, déjà ? Une pupille dilatée, humide, brillante, la fixe.

J'avoue avoir parcouru la dernière page en diagonale, lorsque le sapin s'anime pour éviscérer les adultes de ses aiguilles tranchantes comme des lames de rasoir. (Je la relirai en détail plus tard.) Petit cône pour me calmer. Je sens que je vais adorer cet auteur.

**Un peu plus tard –** Je me suis posé sur mon balcon devant le jour déclinant et son horizon orange et rose. Sous l'effet du cannabis, les forêts apparaissent moins flippantes, donnent presque envie de s'y promener. J'en ai profité aussi pour observer (en toute discrétion) Amer traversant à plusieurs reprises le jardin, poussant péniblement une brouette. Difficile de distinguer ce qu'elle contenait. Une masse informe, protégée par une grande bâche en plastique noir.

Le temps que j'enfile ma polaire, mon bonnet, que je trouve la paire de gants (coincée sous le matelas), Amer n'était plus là. Ni au jardin ni près de l'abri à bûches. Après trois tours de chalet en marchant vite, j'ai capitulé pour reprendre mon souffle. On n'y voyait que dalle. Le soir était tombé à une de ces vitesses ! Dans le lointain, un hurlement a retenti, alors je me suis dépêché de rentrer.

La porte de la cave était entrouverte. Je l'ai tout de suite remarqué. Petite montée d'adrénaline au moment de poser le pied sur la première marche. Je n'avais même pas enlevé mon manteau, et je crevais déjà de chaud, le front moite, les tempes brûlantes. À mi-chemin, Amer a surgi. J'aurais dû me faire dessus, mais étrangement, c'est autre chose qui m'a irradié. Une espèce de courant chaud. Voluptueux à mort. Faut voir ses yeux, hyper allongés sur le côté, et ses cils, si grands, si noirs. Il flottait dans l'air une odeur assez prononcée, mélange d'humidité et de champignons en décomposition, ce qui semblait logique dans un endroit pareil.

L'haleine d'Amer, au contraire, était chaude et parfumée. Ça m'a fait penser à des framboises ou des fraises, un truc sucré, agréable mais vaguement écœurant. Il m'a fait signe de remonter illico, j'ai obéi sans réfléchir. Tirant la porte derrière lui, il m'a expliqué dans un anglais approximatif que je ne pouvais pas aller dans le *basement.* Ah bon, et pourquoi ? *Don't go ! No more electricity. It's dangerous.* OK, mec, sinon, moi, c'est Oliver, j'ai dix-huit ans, et toi ? En guise de réponse, il s'est contenté de tourner la clé plusieurs fois dans la serrure avant de la glisser dans la poche d'une immonde parka matelassée, couleur vert canard.

J'ai menti sur mon âge. Sans réfléchir, ça m'est sorti comme ça. Bien sûr que j'ai hâte d'avoir dix-huit ans. D'être maître en ma demeure. Dans toute cette agitation, j'ai oublié de lui rendre ses gants. Honnêtement, vu comment il m'a cueilli, je devrais les garder pour moi.

**Soir** – Il faut que je t'avoue quelque chose. Au départ, j'étais moyennement chaud pour tenir un journal. Les journaux, c'est pour les fous ou pour les amoureuses du dimanche qui se font des films toutes seules et n'ont personne avec qui parler. Séance après séance, le docteur H. insistait de plus en plus : j'avais, paraît-il, besoin d'un endroit pour canaliser ma colère, et accessoirement pour ne pas m'en prendre à mes camarades. J'ai pensé, pour être franc, que je tiendrais à peine quelques jours. Juste assez pour écrire que, NON, je ne regrettais pas de lui en avoir collé une, à l'autre chacal. Émeric. Tout le trimestre, il n'avait cherché qu'à me provoquer. Jusqu'au jour où il m'avait signalé à Mme la proviseure, ravie de dénicher en moi un modèle à ne pas suivre.

Aujourd'hui, j'ai presque du mal à te lâcher. Je sens aussi que je l'ai trop chargé, ce bédo d'avant dodo. Ils m'ont tellement soûlé au dîner à radoter à propos de leur après-midi sauna, comme quoi ils se sentaient régénérés, purifiés, leurs chakras ouverts de chez ouverts. Tout ça en sifflant le riesling à grande vitesse. Sinon, Klaus a allumé plein de bougies parfumées aux fruits des bois. Encore une de ses lubies. Je vais lui en piquer une, je fume sur mon balcon, mais je crains que l'odeur pénètre dans la chambre. Oh purée, t'as raison, alors que je t'écris je suis en train de fumer le filtre, assis là en tailleur, sur mon lit.

**22 décembre – matin –** Réveillé un peu avant sept heures. Cette fois à cause d'un drôle de rêve. Je patine au beau milieu d'un lac gelé, en mode compétition artistique. La grâce, la vélocité et l'acrobatie réunies en une seule personne, lol. Au loin sur la rive, quelqu'un me fait de grands gestes. Houhou ! J'imagine que c'est pour m'encourager, alors je multiplie les sauts, les boucles, je tournoie, virevolte, ivre de vertiges. Houhou ! Oliver ! Qu'est-ce qu'il fout là, Amer ? Ses mains sont énormes.

*Don't go to the basement*, qu'il me sort. Hein, c'est quoi le rapport ? Brusquement je stoppe. Tombe à genoux. Le froid m'irradie, j'ai l'impression que mes jambes ne bougent plus. Tiens, il y a un trou dans la glace. En me penchant, j'aperçois l'escalier qui mène à la cave du chalet chelou.

Jamais je n'ai sué comme ça. Une bête qu'on mène à l'abattoir. Mon pyjama était bon pour la machine. Les plombes où je suis resté sous la douche pour calmer mes palpitations n'ont servi à que dalle. J'avais tout juste rempli mon mug de café brûlant qu'une meuf plus toute jeune, cheveux gris tirés en un chignon hyper strict, toute petite (on aurait dit une vieille enfant), vêtue de noir de pied en cap, se tenait pile derrière moi. Je te jure que j'ai failli me faire dessus. Sourire fake, voix anormalement douce et lente.

– Tu dois être Oliver ?

J'ai fait mine de chercher un truc à l'autre bout de la pièce. Il faisait sombre tout à coup, dehors de gros nuages lourdauds et confiants avançaient dans le ciel.

– Klaus m'a beaucoup parlé de toi.

– En bien, j'espère ? j'ai rétorqué en essayant de faire redescendre mon rythme cardiaque.

– D'après lui, tu es le plus *adorable* des enfants.

Accent quasi imperceptible. Respect. Pour autant, deux précisions, et de taille, s'imposaient.

– Trop sympa, Klaus. Par contre, je ne suis plus un enfant. Et pas sûr non plus que le terme *adorable* me convienne.

– On dirait bien que les compliments te mettent mal à l'aise. Aimerais-tu une tasse de thé brûlant ? J'ai apporté un excellent mélange de Noël : pommes, cannelle, écorces d'orange.

– Ça va, merci. Et je suis pas du tout mal à l'aise. J'ai juste envie qu'on me définisse correctement.

– Bien entendu, Klaus m'a prévenue que tu as un sacré caractère, que tu pars au quart de tour. Savais-tu que la cannelle aide à calmer les angoisses et l'anxiété ?

– Anxieux, moi ?

– Ça se voit comme le nez au milieu de la figure, Oliver.

– Faut penser à porter vos lunettes, lol. Y a pas plus tranquille que moi.

– Pour un enfant *soi-disant* tranquille, tu as drôlement sursauté à l'instant.

– Peut-être parce que vous vous étiez cachée dans un coin de la cuisine pour ensuite vous faufiler dans mon dos ?

– Et ce cri !

– Je me souviens pas d'avoir crié.

– En as-tu déjà parlé à quelqu'un ?

– Euh, non, à qui j'irais raconter un truc pareil ?

– À un spécialiste, par exemple ? Klaus m'a dit que tu es suivi.

On est d'accord qu'il était grand temps de passer à l'attaque. Car, jusque-là, j'avais encaissé les coups sans broncher.

– En fait, j'ai pas l'habitude qu'on se faufile derrière moi en soumsoum. Par ailleurs, je vais redire les choses une dernière fois, en restant CALME : je-ne-suis-pas-un-enfant.

– Tu peux m'appeler Hildegarde. Ou Grand-Mère.

– Enchanté, Hildebarde, vous avez fait bon voyage ?

– Un peu fatiguée, car je suis arrivée tard dans la nuit.

– Peut-être qu'un bon gros dodo vous fera du bien, alors.

(Une sieste de cent ans, en mode vieille au bois dormant qui se réveille après le baiser râpeux du dernier poney du royaume.)

– Oui, Oliver, la nuit fut courte. Et ce matin, aux aurores, j'ai entendu une voix à l'étage. Comme si quelqu'un se parlait…

– Bizarre… Peut-être que vous avez mal réglé votre sonotone.

– Il n'y a pas de honte à avoir un ami imaginaire, tu sais.

– À mon avis, c'est à cause de votre TOUT petit lit. Comme vous dormez mal, vous finissez par entendre des voix. Soit dit en passant, ce n'est pas très sympa de la part de votre fils de vous remiser dans un placard à balais. À votre place, je serais moyennent contente de m'être fait douiller.

– Mon petit : d'abord *en soumsoum*, puis *douiller*… La langue française est si belle, si riche, et vous, la jeune génération, vous n'avez qu'une idée en tête : la massacrer. Il ne faudra pas venir pleurnicher si on ne vous prend pas au sérieux.

Petit moment de flottement. Une profonde inspiration avant de dégainer.

– *En Soumsoum*, ça signifie *en douce*, ça vient de *sous-marin*, et *douiller*, c'est de l'argot, ça peut vouloir dire plein de choses, comme *avoir mal*, ou dans ce contexte précis, *arnaquer*. Comme lorsque votre propre fils, plutôt que de vous proposer un de ces chalets aux alentours, vous range au débarras, ça ouais, c'est de la grosse arnaque. Mes potes diraient elle s'est bien fait niquer la gueule, mais moi je suis pas vulgaire.

Quelque chose est passé dans son expression, comme si son logiciel boguait. Ça n'a pas duré, car elle est forte et dans le contrôle.

– Pourquoi ne pas utiliser « en douce », alors, ou « arnaquer », monsieur le professeur de linguistique ? Par désir de contradiction ? Ou pour se forger une identité ? Lorsque j'étais moi-même une enfant, je contredisais souvent les adultes.

– Les jeunes disent *en soumsoum* et *douiller* parce que les expressions évoluent, Hildebrande. Au cas où vous ne l'auriez pas remarqué, le monde change.

– Oh mon loupiot ! Le changement n'est pas forcément synonyme de progrès.

– Le changement est inéluctable, il faut s'adapter plutôt que de rester coincé dans un passé idéalisé.

– Oliver, je discutais, cela ne sert à rien de s'énerver.

– Je suis détendu à mort, Hitlegarde.

– Et sache, mon ENFANT, que j'aime beaucoup la chambrette du bas, j'y ai la délicieuse sensation de m'endormir dans une maison de poupée, ça me rassure.

– Et vous en avez parlé à un spécialiste ?

Mate un peu cette réplique, comment je l'ai défoncée !

– Tu sais, à mon grand âge, on a appris depuis longtemps à apprivoiser ses névroses. Bien que le chemin fût long et douloureux.

– Long et douloureux : ça fait vachement envie, dites-moi.

– Mais nécessaire, Oliver. Toi aussi, un jour, tu vaincras tes addictions.

– Mes quoi ?

– Quel comédien ! Je me revois, petite fille, rêvant d'une carrière au théâtre. Les innocentes, voilà ce que je préférais jouer. Il paraît que j'étais douée, comme toi tu l'es.

– Dois-je répondre à présent que je ne suis pas une petite fille ?

– Klaus m'a dit que tu es, pardon, *étais* très porté sur *la fumette*, comme disent les jeunes, que tu as été renvoyé de ton établissement pour consommation et revente de stupéfiants.

En vrai, j'ai juste filé un peu d'herbe à deux ou trois potes, certes, contre rémunération, et il a fallu que ce gros bâtard d'Émeric aille me faire passer auprès de l'administration du lycée pour le chef du cartel de Medellín. Résultat, je me suis fait suspendre, et j'attends la décision du conseil de discipline.

Pas d'autre stratégie que de tout nier en bloc. Oh, mais Hilmetarde, c'est entièrement faux ! La mine outrée, la main sur le cœur, la voix déterminée (quoique légèrement chevrotante), tout en prenant la tangente vers le salon, mais quelle tannée, cette bonne femme.

À nouveau ces palpitations ! Mes nerfs tendus tel un arc, les artères de mon crâne sur le point d'exploser ! J'ai essayé de me concentrer sur les petits bonshommes du sapin. Et là, je te jure sur la tête de ma daronne, voilà que Mamie Nova sort de derrière une branche. C'est plus de la lévitation, c'est de la magie noire.

– Klaus et ta maman sont très amoureux, tu le sais.

– Il paraît, ouais.

– Je suis si heureuse qu'il ait ENFIN trouvé une épouse.

– Si mes souvenirs sont bons, il vient à peine d'entamer une procédure de divorce, non ? Ce n'est pas comme s'il était déjà mort de faim.

Hildegarde a semblé avoir une absence. Puis elle a poussé un long soupir en fermant les yeux. En les rouvrant, elle souriait de nouveau.

– Oh, tu veux parler de Liselotte ?

– Son ex, oui, dont il est, je répète, en train de di-vor-cer.

– Une femme très perturbée qui ne supportait pas l'idée même de séparation et qui s'était mis en tête de le suivre partout.

– Wesh, une stalkeuse ? Faut croire que Klaus est irrésistible, lol.

– Je serais bien indigne de prétendre le contraire, mais oui, je te l'accorde, c'est un homme extrêmement attirant.

– Au fait, pourquoi vous avez parlé de Liselotte au passé ?

– Qu'est-ce que tu racontes, voyons.

– Vous venez de me dire une femme très perturbée qui ne SUPPORTAIT pas, etc. C'est de l'imparfait, pas du présent. Je me trompe ?

– Petit prince de la conjugaison, va ! Dis-toi que ma langue a fourché. Et que ta maman EST très chanceuse d'avoir trouvé un homme comme Klaus.

– Un vrai conte de fées.

– Oh mon petit, la vie ressemble parfois à un conte, le tout est de s'en donner les moyens. Car le bonheur se provoque, vois-tu. Si on attend qu'il vienne frapper à la porte, on risque d'être très déçu.

– Je me demande si j'aurai encore besoin de thérapie après cette révélation.

– Je savais, mon enfant, que toi et moi étions sur la même longueur d'onde. Allez, laisse-moi te préparer mon fameux thé.

❄

Amer est un mystère. Il est soit timide, soit mal à l'aise, ou alors il ne peut pas voir ma gueule. Juste après mon échange avec Hildegarde (et avoir pissé trois litres de *Weihnachtstee* à la cannelle), j'avais besoin de respirer un peu d'air frais.

J'ai retrouvé le beau gosse aux boucles brunes devant la clôture, suant à grosses gouttes en essayant de déloger un poteau. Parce que tout pourri, si j'ai bien compris. En gros, on verse de l'eau bouillante pour ramollir la terre, on creuse un bon petit moment, puis, avec une perceuse spéciale, on s'attaque au béton. J'ai fait le mec super étonné que les poteaux soient coulés dans du béton, alors que je m'en bats les couilles. Et sinon, euh, tu viens d'où ? Afghanistan ? Syrie ? Ça a pas dû être facile de tout quitter du jour au lendemain. Si c'est la Syrie, les nouvelles semblent plutôt bonnes, non ? Là, il s'est complètement refermé. Pas de réaction non plus quand je lui ai rendu ses gants. Putain, c'était ma dernière carte.

Vers 11 heures, deux flics ont débarqué au chalet. Si, je te jure. Bien sûr que j'ai eu les boules, j'ai même été à deux doigts de balancer mon herbe dans la cuvette avant de me raisonner. Pourquoi en auraient-ils après moi ? Ou alors ils venaient pour Amer ?

Bien sûr qu'ils arrêtent des migrants !

Au son du mot *Polizei*, je suis allé me cacher en haut de l'escalier, essayant d'attraper des bribes de la conversation venant de la cuisine. Je ne comprenais rien au début à cause de leur accent de je ne sais où, puis j'ai fini par capter qu'ils parlaient de Liselotte. Tout portait à croire qu'elle avait disparu. Klaus a lâché un rire trop bizarre avant de répondre qu'elle referait surface sans doute très rapidement, vu qu'elle le harcelait régulièrement. Ce à quoi l'un des policiers a rétorqué que, en effet, ils avaient eu connaissance d'une plainte déposée par ses soins quatre mois auparavant. Pour autant, elle n'avait pas donné signe de vie depuis au moins dix jours. Même pas à son fils unique, un dénommé Norbert, qu'elle chérissait pourtant plus que tout.

Et là, les plombs ont de nouveau lâché. *Verdammt !* s'est écrié Klaus avant de sortir bien vénère de la cuisine. Sûrement un problème de surcharge électrique, a commenté sans grande conviction l'un des keufs. Depuis la cave, Klaus a gueulé *Ja genau*, oui tout à fait. Vous avez besoin d'aide, Herr Rosenthal ? Non merci ! Au moment où la lumière est revenue, j'ai senti quelque chose me frôler l'épaule. Ma mère ! Elle se tenait là, juste derrière moi. Mais qu'est-ce qu'elles ont toutes à me prendre par surprise ? Mon doigt sur les lèvres, je lui ai signifié de ne pas se faire remarquer. En réponse, j'ai eu le droit à deux gros yeux et à un petit hochement de menton qui disait suis-moi dans la chambre et tout de suite !

– On n'espionne pas les gens comme ça, Oliver, surtout des policiers, imagine s'ils t'avaient découvert…

– J'allais descendre me préparer une tasse fumante du délicieux thé à la cannelle, lorsque j'ai entendu des voix.

– Et tu en as profité pour t'accroupir dans l'escalier, l'oreille aux aguets ?

– J'avais peur de déranger.

– Oliver… !

– Tu savais que Liselotte était portée disparue ?

– Liselotte ? C'est ce qu'ils ont dit ?

– Tu vois que ça sert d'écouter aux portes. Klaus ne t'a pas mis au courant ?

– Je savais qu'il n'avait plus de nouvelles d'elle depuis quelque temps. Il se disait à la fois surpris et soulagé puisque, si j'ai bien compris, c'est une femme… très présente. *Trop* présente.

– Hildegarde la décrit comme une vraie stalkeuse.

– Eh bien, les nouvelles vont vite. Au fait, comment tu la trouves, la maman de Klaus ? Quel petit bout de femme étonnant !

– Je l'adore. Vivement que tu épouses Klaus et que je l'appelle *Grossmutter*.

– Pourquoi tu n'es jamais sérieux, Oliver, c'est épuisant, à la fin.

– Juré, craché que je la kiffe. Juste pour en revenir à Liselotte : tu crois vraiment à la théorie de la méchante harceleuse ?

– Quand Klaus a voulu rompre, elle est entrée dans une colère noire. D'abord elle a refusé de quitter la maison, ensuite, une fois partie, elle ne cessait de l'appeler, de passer à l'improviste.

– En même temps, c'est sa version à lui.

– Oliver, cette femme n'est pas bien dans sa tête.

– Y a des psys pour ça, des juges qui s'occupent de la procédure ou des keufs qui font respecter la loi.

– Mon trésor, sans vouloir te vexer, je ne pense pas que tu puisses comprendre ce genre de situation.

– Parce que je suis pas assez mature ? Tu vas me traiter d'enfant, toi aussi ?

– J'aimerais que tu baisses d'un ton, Oliver. Et oui, à ton âge, il y a des choses qui nous échappent. Et j'ai envie d'ajouter : tant mieux. Profite encore un peu.

– Profiter de quoi ? M'illusionner que le monde est gentil, que l'avenir sera forcément plus radieux ?

Je t'épargne la suite de notre échange, *mein liebes Tagebuch*. Il y a des fois où les réactions de ma mère me laissent sans voix. J'imagine qu'elle veut me protéger, mais je t'assure que ça me tord le bide quand elle s'adresse à moi avec cette douceur exagérée. Comme si j'étais aveugle à la réalité ! Comme si je vivais dans un univers parallèle sans mensonges, ni bassesses, ni hypocrisie.

**Milieu d'après-midi –** Pour le déj, purée maison et salade de concombres assaisonnée, il est vrai, avec goût. L'idée, c'était de pas trop faire de vagues et de jouer au gentil (gentil) garçon sagement concentré sur son assiette.

La moitié d'un cône avant de passer à table suffisait à me donner envie d'incarner ce rôle avec passion. Miam les concombres. *Hum Sehr lecker*, la *Kartoffelpüree.* Je suis même allé jusqu'à avaler la moitié de mon filet de sandre toujours en feignant l'extase gustative, alors que, de toi à moi, t'as l'impression de bouffer de la vase.

À propos de la visite des bleus, Klaus ne s'est (comme par hasard) pas éternisé, orientant habilement la conversation vers les problèmes d'élec. Du coup, on en est venus à parler d'Amer, du fait qu'il bosse pour eux depuis presque un an, qu'il y a toujours *un petit quelque chose* à faire dans un des chalets. L'hiver, c'est surtout du déneigement, vérifier l'état des chaudières, de la plomberie. J'ai aussi appris qu'Amer s'occupait du ménage et qu'il préparait les chalets avant l'arrivée des touristes, genre il allume les radiateurs ou le poêle. Quelques bougies parfumées quand ça sent un peu le renfermé. Ma daronne écoutait, fascinée, en mode Klaus mon héros qui a filé du taf à un sans-papiers. Hildegarde, quant à elle, hochait du bonnet, le visage animé par une secrète satisfaction.

Cette passion pour les bougies au parfum de désodorisant pour chiottes restera peut-être la plus grande énigme de ce séjour. Dans chaque pièce, il y en a toujours plusieurs qui brûlent. L'esprit de Noël, sans doute. Moi, ça me donne surtout l'impression de vivre dans un gros bonbec chimique. Je n'ai pas le souvenir qu'en débarquant au chalet chelou, ça sentait la poussière ou la toile d'araignée. Sauf dans la cave. Même en y restant moins d'une minute, et encore sur le haut des marches, ça refoulait grave. Si ça se trouve, tout le sous-sol est moisi de chez moisi.

Descendre et vérifier par moi-même ? Wesh, arrête, tu vas me donner envie. Déjà il me faut une clé. Peut-être qu'en embrouillant Amer, je peux la lui chourrer sans qu'il s'en rende compte.

Gravement excité par cette perspective ! Enfin, un peu d'action et d'interdits à braver. D'autant que la voie est libre. Tous sont partis faire un tour en raquettes. Pas pris la peine de me demander si je voulais les accompagner. De toute manière, j'aurais dit non.

Loose intégrale. Pas d'Amer dans les parages. Pas de clés. Pas d'aventure. Ai passé le reste de l'après-midi à fumer près de la remise, ou carrément devant la porte d'entrée.

Toujours et encore de la neige. Cette fois, je me suis bien marré à avaler les flocons. Puis j'ai joué à un truc débile, comme quand j'étais gosse : l'ange. Tu sais quand on s'allonge sur le dos et qu'on fait bouger ses bras et ses jambes. J'étais mort de rire tout du long.

**Nuit** – Impossible de trouver le sommeil. Sûrement à cause du vent qui mugit au-dehors, on dirait une petite bête qu'on torture patiemment ; qu'on la fasse taire ou qu'on me rende mon tél et mes écouteurs. Je commence à comprendre pourquoi Hildegarde kiffe à ce point sa chambre de poupée.

Avant de dîner, elle a absolument tenu à ce que nous prenions *ein Aperitif* autour du sapin. J'étais tellement chargé que ma mère a dû tambouriner à ma porte pour me réveiller. Elle s'est aussi étonnée qu'une de ces bougies (parfum vanille reconstituée) brûle dans ma chambre, j'avoue que c'est d'une efficacité redoutable pour masquer les relents de fumée.

Au salon : ambiance de foufou. Klaus tétait le goulot d'une bouteille de *Pils* avec l'avidité d'un nouveau-né, tandis que ma mère et Hildegarde trinquaient dans de petits verres à cocktail en cristal ciselé qui contenaient un liquide rouge orangé. C'est quoi ? j'ai demandé. *Ein Negroni*, a répondu Hildegarde, à moitié hilare. Vermouth rouge, Campari et gin. Ça réchauffe les cœurs en ces soirées de décembre. *Tchin tchin*, comme disent les Français. (Rires.) Puis un autre éclat de rire général lorsque j'ai voulu savoir si moi aussi je pouvais m'en préparer un.

Le jus de pomme que la vieille m'avait servi me donnait des remontées acides, et puis j'en avais marre de me forcer à sourire en les écoutant discourir sur les différentes traditions de Noël des deux côtés du Rhin. Euh, au fait, Amer n'est pas venu aujourd'hui ? Il a fallu que je répète la question pour que Hildegarde réagisse. Amer ? Est-ce que je lui voulais quelque chose de particulier ? Y avait-il un souci ? Haussant les épaules, j'ai prétendu qu'il avait oublié ses gants. Mère-Grand m'a rétorqué qu'elle pouvait s'en charger. Et là, je tombe bêtement dans le piège, vois-tu. J'insiste. Je dis non, j'aimerais les lui rendre *en mains propres*, j'ajoute un lol, vaguement fier de mon jeu de mots. Oh, en mains propres ? Serait-ce une excuse pour le voir ? Il est vrai que c'est un jeune homme fort bien fait de sa personne. Qui ne tomberait pas sous son charme instantanément !?!

L'envie d'arracher l'une des guirlandes lumineuses qui ornaient la fenêtre et de m'en servir pour pendre Hildegarde au milieu du salon me démangeait. Au lieu de quoi j'ai bu mon verre d'un trait. Venant à ma rescousse, ma daronne a fait remarquer qu'Amer avait sans doute beaucoup souffert et qu'il devait se sentir seul. Surtout en cette période. Klaus a proposé de passer sa playlist de chants de Noël. Il était temps de m'éclipser. En plus Hildegarde a commencé à esquisser un pas de twist tout en proposant d'improviser quelques *amuse-gueules* à la française.

❄

J'ai tiré trois taffes à la fenêtre (sortir sur le balcon me semblait risqué) et je me suis blotti dans mon petit lit pour lire « La poupée », un autre conte. Pensant que je m'endormirais rapidement. Mais non.

La veille de Noël, une famille endeuillée prie très fort pour que le petit papa Noël ressuscite le *pater familias*, mort à l'automne lors d'un accident de chasse en forêt.

Qu'à cela ne tienne. Au petit matin, un impressionnant paquet-cadeau rouge, orné d'un ruban bleu nuit, trône au pied du sapin. Après avoir galéré grave pour défaire ce gros machin, mère et enfants (un petit garçon et une petite fille, âgés respectivement de huit et dix ans) découvrent non sans effroi une poupée de la taille d'un adulte avec les traits du père (ou du mari). Ils flippent tellement qu'ils remballent la chose et la fourguent à la cave.

Une nuit de janvier (il neige sans discontinuer et tout le monde se les pèle dans le minuscule chalet malgré la cheminée qui envoie du lourd), la mère, après s'être enfilé deux verres bien tassés de whisky japonais, file chercher la poupée à la cave et découvre, dissimulée dans son dos, une sorte de clé en forme de croix. Les enfants, eux, dorment à poings fermés dans la chambre juste à côté. Instinctivement, la meuf donne trois tours de clé. Cric, cric, cric.

L'hallu ! La poupée s'anime et commence à taper la discute d'une voix familière. Est-ce que je peux dormir dans ton lit ? finit-elle par demander. Après avoir hésité une demi-seconde, la veuve bientôt joyeuse l'emmène sous ses draps glacés. Jusqu'à l'aube, la poupée se montre particulièrement entreprenante, et, à la moindre faiblesse, il suffit d'actionner le mécanisme de nouveau. Depuis quand n'avait-elle pas été aimée de la sorte ? Cric, cric, cric.

Les semaines qui suivent ne sont que pure félicité. La journée, la poupée s'enfonce dans la forêt, chasse sans relâche. Le soir venu, elle aide les enfants à faire leurs devoirs, et s'ils sont sages, elle se prête volontiers à une partie ou deux de jeux de société. Contrairement au père, la poupée jamais ne se lasse : petits chevaux, Qui est-ce ?, Docteur Maboul, jeux de dames, d'échecs, de dés, de cartes, marelle, Monopoly, backgammon, Yam's, dominos, Puissance 4, bataille, Kems, rami, jeu de l'oie, Qui perd gagne, Le loup et les brebis, solitaire, loto, Les Mystères de Pékin, L'Île infernale, Cluedo, Hotel, la poupée pourrait y passer sa vie entière !

Ce qui commence à soûler grave la mère. Allez, fini de jouer, au lit, les enfants ! Encore un tout petit peu. S'il te plaît. Une dernière partie… Oh, maman, S'IL TE PLAÎT !

Arrive le soir fatidique où, après un verre de whisky japonais de trop, la mère exige qu'on lui rende sa poupée. Les mômes, visage cerné et regard brillant, devraient dormir depuis longtemps. La maîtresse n'a-t-elle pas averti à plusieurs reprises qu'ils étaient bizarrement agités ?

Je veux ma poupée, insiste la mère d'une voix pâteuse. Pas question, s'écrie le petit garçon qui réclame encore un tour de petits chevaux. On ne discute plus. Allez vous brosser les dents ! Pourquoi la poupée ne pourrait pas dormir avec nous, pour une fois ? demande la petite fille d'un air faussement innocent. La mère n'a pas le temps de répondre que le garçon ajoute insidieusement : Tu sais que les poupées n'ont pas leur place dans le lit d'un adulte ? Tu crois qu'on ne vous entend pas, la nuit ?

Une gifle part, puis une deuxième. L'enfant pleure, les joues brûlantes. C'est alors que la poupée se lève de la table, pivote sur elle-même et lance un regard à la mère, qui glace celle-ci jusqu'au plus profond des os. On ne frappe pas un petit garçon sans défense. N'est-ce pas, les enfants ? Si vous actionnez le mécanisme une dernière fois, je punirai votre maman, ainsi qu'elle le mérite.

Gros moment de flottement au chalet. Dans la cheminée, le feu s'éteint, un vent glacial en profite pour passer dans chaque interstice. C'est… c'est ridicule, finit par articuler péniblement la mère. Cric. Il s'agit d'un jouet. Cric. D'un simple jouet. Criiiic !

**23 décembre – matin –** Une bonne et une mauvaise nouvelle. On commence par la mauvaise ? À cause d'Amer, j'ai perdu toute dignité. La bonne, c'est que j'ai la clé, putain.

Amer faisait sa pause, adossé à la clôture. Fumant une clope roulée, toute rabougrie, qui n'arrêtait pas de s'éteindre. J'ai commencé par lui prêter mon feu et, après avoir vérifié qu'il n'y avait personne dans les parages, j'ai sorti un mini-cône de ma poche. *You want some ?*

Ça se voyait qu'il hésitait, l'œil aux aguets comme un oiseau sur le qui-vive. *It looks like your cigarette*, détends-toi un peu, bordel. L'odeur de la fumée ne porterait pas jusqu'au chalet, surtout que, juste après le petit déj, Klaus et Hildegarde avaient allumé des bougies supplémentaires. J'ignore à quel jeu ils jouent. Un truc spirituel ? Ou satanique, lol. Ils ont des gueules à diriger des sectes. Tu sens que Klaus est au bout de sa life avec ces problèmes de tableau électrique. En sortant, je l'ai entendu dire à ma daronne que c'est à cause des congélos de la cave et qu'il faudrait probablement les débrancher, mais que toute la bouffe serait perdue.

Pardon, j'ai dévié. La grande perche a tiré quelques lattes en silence, mais toujours sur ses gardes. Pas un regard pour moi. Sympa, mec. J'ai fini par lui faire remarquer qu'il y avait encore trois poteaux à remplacer, et là il a éclaté de rire. C'est fou, ce que le rire change l'expression du visage. Re-silence. Peut-être était-ce le moment pour causer géopolitique et mieux connaître sa situation, au lieu de quoi je lui ai proposé une soufflette, vu qu'on arrivait au bout… Pas facile de lui expliquer en anglais, mais en gros, tu le mets à l'envers entre tes dents, le carton vers l'extérieur, et ton partenaire se rapproche hyper près, place ses mains autour de ta bouche et aspire la fumée.

C'est à ce moment-là que j'ai chopé la clé. Glissant mes doigts dans la poche de sa veste matelassée. Profitant de son inattention, de l'effet de surprise. Mes doigts agiles, frétillant d'excitation !

Amer a reculé, ou plutôt il a fait un bond en arrière comme s'il avait touché une clôture électrique. *What are you doing, Oliver ?* Une soufflette, je viens de te l'expliquer, tu vas voir, ça va monter très fort et tu te sentiras aussi léger qu'un flocon. Du moins, c'est ce que j'ai pensé dans ma tête. Trop difficile à traduire. J'ai vraiment cru qu'il allait m'en coller une. Quelque chose de trouble au fond de ses pupilles brillait d'une ardeur furieuse. Pendant qu'il s'éloignait, les poings serrés, j'ai senti comme un étau enserrer mon cœur. Impossible de te dire si c'était désagréable ou voluptueux à mort.

Cette nuit, quand le chalet chelou ronflera paisiblement, je descendrai *en soumsoum* au fond de ses entrailles. Peur, moi ? Tu plaisantes, j'espère.

**Entre minuit et l'aube** – Ce que j'ai vu m'a tellement halluciné que j'ai du mal à trouver les mots. Tu dois me croire. Jure-le ! J'ai menti, d'accord, en prétendant que je n'avais pas peur. L'idée de me retrouver au sous-sol me terrifiait, il fallait que je me détende un peu. Juste ce qu'il faut sans pour autant me brouiller l'esprit, sans obscurcir ma conscience. J'ai l'habitude.

Interminable, cet escalier. Ambiance voyage au centre de la Terre. Dès les premières marches, il a fallu que je respire par la bouche. Ce n'était pas une odeur habituelle de cave, ça ne sentait pas le renfermé ni la vieille toile d'araignée, encore moins les crottes de souris. Je galère à te le décrire. Quelque chose de fétide, de rance comme du lait qui aurait tourné, hyper aigre, qui te prend à la gorge et descend jusqu'aux tripes.

Des milliers de fois, j'ai voulu faire demi-tour. Quelque chose m'en empêchait, un état quasi hypnotique, une force surgie de je ne sais où, je crois aussi avoir entendu une voix. Hyper grave, dépourvue de tonalité. Oliveeeeer… La voix m'ordonnait de m'enfoncer toujours plus profondément. Oliveeeer. Je me vois encore effleurer les murs luisant d'humidité, sur lesquels glissaient des ombres aux formes biscornues et indéfinissables.

J'ignore ce qui m'a pris d'y aller pieds nus. Parvenu en bas, je me suis dit que mon cœur allait exploser. Boum. Des morceaux de moi disséminés partout dans un grand feu d'artifice de chair et de sang. Tout au fond de la cave, dans une demi-obscurité, il y avait un congélateur d'une taille impressionnante. La froideur du béton s'insinuait rapidement, cherchait à ralentir mes pas et le rythme de mon cœur, à m'empêcher de respirer !

Parce que l'ampoule au plafond éclairait faiblement, mes yeux ont dû produire un incommensurable effort pour faire la mise au point. Plus je m'approchais de l'appareil, plus la puanteur m'envahissait. Je me suis mis à trembler, puis à tousser et à tousser encore. Dans ma tête, je visualisais de gros sachets remplis de viande pourrissante, genre un sanglier ou une biche.

Rassemblant ce qu'il me restait de courage, et incité plus que jamais par la voix, j'ai fait coulisser la porte. Le problème, c'est qu'on n'y voyait que dalle, alors j'ai branché la fiche qui pendouillait au pied du congélo. Il y a eu une sorte de grésillement, puis une lumière blanchâtre fut. Un corps mort, mon cher journal ! Un putain de cadavre humain en mode pourrissement avancé. Entre le brun et le vert sale, çà et là de grosses taches noires, le ventre bizarrement gonflé, quelque chose à l'intérieur qui…

palpitait. Par endroits la peau avait commencé à se décoller, je crois même qu'il en manquait des lambeaux ! C'est tout juste si je parviens à tenir mon stylo tellement je tremble. Les cheveux (longs) étaient tombés pour la plupart, formant une sorte de couronne, un nid de brins de paille autour de ce qui restait de la tête.

Grâce aux cheveux, j'ai compris qu'il s'agissait d'une femme. Durant une poignée de secondes semblables à l'éternité, je suis resté là, penché au-dessus du congélo bourdonnant, les yeux et la mâchoire grands ouverts, pétrifié de chez pétrifié. Un asticot est sorti d'une des narines. Suivi de plusieurs autres qui bougeaient dans tous les sens. Et là les plombs ont sauté. Avec le recul, je me dis que sans ce noir complet je n'aurais pas eu la volonté quasi surhumaine d'activer mes jambes, de pousser un hurlement intérieur dont je perçois encore l'écho, et de remonter l'escalier à toute vitesse.

Suis sorti, juste le temps de m'éloigner un peu du chalet, et j'ai vomi direct. Le froid, mes pieds nus dans la neige, mon corps secoué de spasmes, c'était mieux que toutes les gifles au monde. En un quart de seconde je suis redescendu sur terre, j'ai immédiatement pensé à glisser les clés sous une bûche pour effacer tout soupçon.

❆

Double paire de chaussettes. Tu crois qu'on va m'amputer de tous mes orteils ? Je t'écris, cher journal, fiévreux et grelottant sous la couette. Klaus et Hildegarde ont essayé de conserver un cadavre dans leur congélo du bas. Celui de Liselotte, ça ne fait aucun doute. Les boules, qu'ils aient dû le débrancher. Voilà pourquoi ça sent le macchabée à plein nez. À présent je dois dormir.

**24 décembre – Hyper tôt le matin –** Ce n'était pas un cauchemar. Mes pieds sont toujours gelés ! Je n'ai plus la clé et surtout je pue la charogne. Jamais je ne pourrai l'oublier. Même après avoir savonné mon corps pendant des plombes sous une douche brûlante.

Dehors, ça souffle de malade. Trois taffes et mon cône s'est envolé avec les milliards de flocons qui grouillent comme des poux. Je n'ai pas le goût à fumer de toute manière. En plus, j'ai une face de fantôme, tellement je suis blanc.

On va déjà faire bonne figure au petit déjeuner et on verra pour la suite. Tout le monde est levé, je les entends jacasser. Me comporter comme si tout allait bien dans le meilleur des mondes. Dès que j'en aurai l'occasion, je tenterai de convaincre ma mère de partir. Il faudra trouver une excuse, car je doute que ma découverte de l'ex-épouse de Klaus, gravement décédée dans le congélo du sous-sol (celui qui fait péter les plombs du chalet chelou), soit audible pour le moment. Faire profil bas, et tout ira bien.

**Tard dans la matinée** – La guerre est déclarée. Klaus vient de mettre la chambre sens dessus dessous, allant même jusqu'à fourrer son nez dans tes pages. Sacrilège !

J'écris comme un médecin, normalement il ne peut PAS me déchiffrer. Je me suis fait traiter limite de malade mental.

Tout ça parce que je me suis pris la tête avec tout le monde au petit déjeuner. Alors que je n'avais rien demandé à personne. Devine qui a tiré la première.

– Oliver, as-tu été à la cave cette nuit ?

– Hein, quoi ?

– Hildegarde t'a demandé si tu es descendu à la cave cette nuit.

– J'ai compris la question, c'est juste que je la trouve bancale. Pourquoi je ferais une chose pareille ?

– Parce que Amer nous a dit que sa clé avait disparu hier.

– Il a dû la perdre, ça arrive aux meilleurs d'entre nous.

– Et ce matin, la voilà qui réapparaît comme par enchantement sous l'abri, coincée entre deux bûches.

– La magie de Noël, lol.

– Est-ce que tu te drogues, Oliver ?

Deuxième balle. Tout ça en se tartinant du pâté de foie sur un petit pain blanc.

– C'est une tradition, ici ? Demander des trucs complètement débiles pour commencer la journée ? Et toi, Klaus, est-ce que la nuit tu te métamorphoses en loup-garou pour dévorer les habitants des villages alentour ?

– Nous sommes sérieux, Oliver ! a répondu hyper sèchement ma daronne. Ajoutant que, toujours selon Amer, je lui aurais fait fumer du cannabis pour mieux lui subtiliser la clé dans un moment d'inattention.

– C'est n'importe quoi. Il sait pas aligner trois phrases en anglais, de manière générale il communique comme un manche.

– Ce n'est pas très gentil de parler comme ça d'un pauvre migrant, Oliver. Mais peut-être es-tu fâché parce qu'il a refusé tes avances.

– Mes avances ??? Vous vous envoyez des Negroni au réveil, maintenant ?

– Nous sommes inquiets, Oliver. *Très* inquiets, même. Tes yeux sont rouges, tes paupières bouffies, ton élocution traînante, tu ressembles… à un zombie !

– Merci pour le compliment, ça fait chaud au cœur, vraiment.

– Ce matin, Klaus a noté des traces suspectes, dehors, juste devant la porte d'entrée. Tu as été malade cette nuit ? C'est peut-être le signe qu'il faut penser à arrêter de te droguer.

– Et qui nous dit que ce n'est pas vous, Hildegale, le vomito après le petit verre de trop ?

– Tu ne duperas personne, mon petit Oliver, encore moins une dame avec autant d'expérience que moi.

– Ah, vous avez un Ph. D. en addictologie ? Bizarrement, ça m'avait échappé.

– Je sais que beaucoup de jeunes entrent dans la spirale de la dépendance des drogues illicites pour cicatriser des blessures. Parce qu'ils se sentent incompris.

– Faut arrêter de mater les talk-shows en pleine après-midi.

– Tu sais que nous pouvons fouiller ta chambre, Oliver.

– Allez-y, faites-vous plaisir.

– AVOUE, Oliver, ce sera plus simple, a brusquement renchéri Klaus avec l'avidité de quelqu'un qui attend une récompense.

(Je dissimule toujours ma beuh dans mon caleçon, sache-le, personne n'irait me palper à cet endroit, pour une fois qu'être mineur ça me sert à quelque chose.)

– Bon, je répète, puisque vous avez du mal à entendre : j'ai-mal-dormi. Point barre. Je peux avoir un autre café ?

– Oliver chéri, Hildegarde a raison, tu as le comportement de quelqu'un qui consomme du cannabis.

– Sinon, c'est quoi le programme, ce soir ? Se bourrer la gueule au vin chaud et chanter *O Tannenbaum* ? j'ai demandé dans l'espoir de faire diversion.

– Nous avons décidé de sortir.

– Avec ce temps pourrave ? On y voit que dalle à un mètre.

– Ils prévoient du blizzard, mais pas avant demain.

– Super, nous voilà rassurés.

– Klaus nous invite à l'auberge du village pour fêter le réveillon en famille.

– Cool. Son ex-femme est invitée, elle aussi ? Je serais curieux de voir à quoi elle ressemble.

– Oliver !!! Mais tu n'arrêteras jamais ! En quoi cela te regarde ?

– À tout hasard : parce que je suis ton fils ?

– Tu n'es encore qu'un bébé, Oliver, les histoires d'adultes ne te concernent pas.

– Dans ce cas, vous devriez savoir, Hildebourge, que les bébés ne fument pas de la weed…

– J'ai vu une fois un reportage sur des trafiquants de drogue qui cachaient leur drogue dans des replis intimes, le savais-tu, Oliver ?

– À la télé, ils disent aussi qu'après soixante-cinq ans le corps met plus de temps à éliminer l'alcool.

– Je pense que tu devrais nous laisser jeter un œil dans ta chambre.

**Après-midi –** Ma mère ne me fait plus confiance. Quelque chose chez toi, a-t-elle répété, ne tourne pas rond. Dès la rentrée, elle en parlera au docteur H. J'ai mal géré. J'aurais dû sortir les violons, chouiner dans ses jupes. L'époque est aux pleureuses, aux victimes de carnaval qu'on nous oblige à plaindre. Pire que des bourreaux, car elles avancent masquées.

Ça s'est passé juste après le déj. Suis allé toquer à sa chambre (LEUR putain de chambre !) pour lui parler. Pour l'avertir du danger que nous courons en restant au chalet chelou. Parce que tempête imminente, disparition de Liselotte (certifiée par les keufs), trop de barbaque à chaque repas, et surtout : mauvais pressentiment. Je n'allais pas lui dire la vérité, jamais elle ne m'aurait cru. Naïvement, je l'ai vue m'enlacer et me murmurer ne t'inquiète pas Oliver, je commande un taxi, fais tes bagages.

Au lieu de quoi elle m'a demandé froidement pourquoi j'avais inventé cette histoire de cadavre au sous-sol. Frisson violent le long de ma colonne. Elle *sait.* Parce que Klaus a vendu la mèche. Il a dû réussir à déchiffrer le passage où je t'en causais. Ma mère, l'air choquée, apeurée, s'est levée brusquement du lit pour me faire face. D'instinct, j'ai capté qu'il valait mieux pour ma part que je ne bouge pas. Une morte en décomposition, tu te rends compte, Oliver ? C'est pour te rendre intéressant ? Accuser Klaus ? Ou bien me punir, moi ? Gros moment de flottement. Rassure-moi… C'est bien le fruit de ton imagination ? Car si tu crois réellement à ton délire, il faut me le dire maintenant.

– Descends avec moi et tu verras que j'ai raison.

Son menton a eu un brusque mouvement de recul et ses sourcils se sont levés en pointe. Elle était sur le point de me répondre, lorsqu'on a frappé à la porte. Klaus. Je mets ma main à couper qu'il nous épiait. Il fallait absolument que ma mère le rejoigne au salon. On en reparle plus tard, Oliver, a-t-elle dit dans un soupir, me laissant planté au beau milieu de *leur* chambre, les bras ballants.

❄

Envie de mourir. Ou de dormir plusieurs jours d'affilée. À deux reprises j'ai entraperçu Amer, d'abord en train de recouvrir, non sans peine à cause de la neige, le tas de bûches d'une bâche en plastique, puis traficotant je ne sais quoi non loin de la clôture. Bien envie de lui foutre un poteau dans la gueule. Tu défends le sort des immigrés et voilà comment t'es remercié. Bouffon.

Big pétard en cours de préparation. Ma présence ce soir à l'auberge est, pour citer ma maman adorée, *non négociable*. J'ai essayé d'avancer une grippe foudroyante avec fièvre et tremblements, mais elle s'en bat les couilles. Jamais elle ne s'est montrée aussi peu empathique. Rendez-moi ma vraie mère !

Impression bizarre que le sapin me narguait. De l'entendre me murmurer vois comme je suis beau, vois comme j'irradie. Le monde entier n'a d'yeux que pour ma parure. Et toi ? Qui te regarde ? Qui a même envie de t'écouter avec tes petites histoires macabres à dormir debout ? Maudit sois-tu, avec tes branches qui commencent déjà à pencher dangereusement. Dans pas longtemps, tu finiras débité en petits morceaux. Je me suis vu le secouer et arracher ses figurines une par une.

Finalement, je lui ai juste chourré son étoile. Regarde bien ce que j'en fais, hein ? Direct dans le poêle du salon.

**Début de soirée** – Deux fois qu'ils gueulent mon prénom. Oliverrrr ! Qu'est-ce que tu fiches, bon sang ? *Spoiler alert* : pas du tout envie de me presser, car zéro désir d'aller becter dans cette auberge. Dehors, c'est l'apocalypse, j'ai même failli tomber du balcon. Ma mère me jure qu'elle va se fâcher comme jamais si je ne descends pas tout de suite.

Adieu, cher journal, adieu, monde cruel ! Si quelqu'un tombe un jour sur ces pages, sachez qu'en dépit des apparences, je suis quelqu'un de tout à fait normal et je n'ai pas inventé l'histoire du macchabée dans la cave.

Si je reviens vivant du *Dorf*, je te raconterai le repas du réveillon.

**25 décembre – tard dans la matinée –** On a fouillé dans mes affaires. Quasi tous mes vêtements, bien que pliés avec soin, ne sont pas (exactement) rangés au même endroit. Jamais je ne mets mes calbutes dans le tiroir du haut ! Amer, sans aucun doute. Sa douce exhalaison, que je reconnaîtrais entre mille, s'est glissée dans les mailles de mon gros pull en laine. J'ai le nez fin. Qu'est-ce qu'il cherchait ? Il n'y a rien de valeur ici. Sauf toi, évidemment. T'es bien susceptible, aujourd'hui. Ou alors il voulait essayer mes fringues, lol. Je me demande s'il s'est couché dans mon lit. Plusieurs fois j'ai enfoncé ma tête dans l'oreiller, cherchant son odeur.

❄

Sérieux, je me suis rendormi. Par la fenêtre on ne distingue plus rien à cause de la tempête. Un écran de télé enneigé. Zéro signal. Dans ma tête, c'est un peu la même ambiance. Et ma bouche est pâteuse. Si j'ai trop fumé hier soir ? Apparemment, oui, si c'est pour écrire des trucs du genre que j'imagine Amer se glisser sous mes draps.

J'ai beau chercher, je ne me souviens pas d'avoir vécu un réveil aussi comateux. Peut-être à cause du Jägermeister en fin de repas, moi qui ne bois pas, mais Klaus a lourdement insisté. Jamais je n'avais vu ma mère torchée à ce point. Au retour, elle s'est tout de suite endormie, ronflant comme un moteur d'ULM. Gênance totale. La vieille aussi roupillait, en mode sommeil paisible de sainte, petit sourire au coin des lèvres. Je me demande d'ailleurs si elle ne faisait pas semblant. Quant à moi, j'ai vaillamment lutté pour garder les paupières ouvertes, mais je crois bien qu'à un moment donné le sommeil m'a aspiré. Avant que je sombre, le regard brillant de Klaus a croisé le mien dans le rétro intérieur.

❄

Onze heures passées, tout le monde dort profondément. Silence mortel au chalet. Frigo limite vide. Sympa pour un jour de Noël. Pour une fois que j'ai envie de manger quelque chose. C'est quoi, le concept ? Amer qui enfile mon pull pour ensuite aller bouffer toutes les réserves ? En revanche, toujours autant de bougies. J'ai juste l'impression que les couleurs ne sont pas les mêmes. Ni les parfums. Citron lavande et rêverie d'automne ? Je m'en serais souvenu. C'est mon truc, les détails. Un objet, un vêtement, un bijou ou un gros bouton sur le nez. Une vision globale, très peu pour moi.

J'ai voulu sortir, mais les rafales sont si puissantes qu'au bout de deux pas et demi, je me suis ramassé sur le perron. Il faut que je parle à Amer. Le beau gosse me doit des explications. S'il le faut, j'emploierai la manière forte.

❄

Vers midi, Hildegarde et Klaus sont descendus à la cave. Je reconnaîtrais le grincement de la porte entre mille. Tout en chuchotant. À un moment donné, je crois bien qu'elle s'est mise à fredonner. Rendre visite à son ex-belle-fille en voie de décomposition la met apparemment en joie. Au départ, j'ai parié qu'ils iraient se débarrasser du corps à l'extérieur, mais ils n'ont pas quitté le chalet.

L'angoisse m'étreint à nouveau. Il faudrait que j'en fume un petit, juste pour me détendre, mais je ne peux pas ouvrir la porte vitrée, ça souffle trop dehors, j'ai pas envie d'être emporté et balancé dans le néant floconneux de la tempête.

Le bruit de la chasse d'eau. Quelqu'un qui tousse. Puis le robinet de la salle de bains. Ma mère s'est enfin levée. Soyons stratège. On ne peut pas fuir, du moins pas avant que le ciel se dégage. Profil bas, donc. Ne point éveiller les soupçons. Klaus *sait* que je sais. Il me l'a bien fait comprendre hier à l'auberge. Oui, je te raconte.

❄

Déjà le trajet pour s'y rendre : on se serait cru dans *La Quatrième Dimension.* Visualise bien la scène : au cœur d'une grande et furieuse tempête, alors que les rafales de neige font rage, quatre silhouettes sortent d'un chalet de petite montagne et se dirigent péniblement vers une automobile, déjà à moitié effacée par le blizzard. On déblaie le capot, les vitres et le pare-brise. Les portières claquent, la voiture démarre, en route ! Le conducteur, d'habitude ivre de vitesse, roule au pas en mode papy casquette. À la place du mort, sa nouvelle amoureuse complètement flippée. Oh mon Dieu, nous allons finir ensevelis. Jamais nous n'aurions dû sortir par un temps pareil. J'ai si peur, Klaus !

L'Audi avance dans une sorte de couloir abstrait fait de millions de flocons qui dansent dans les ténèbres au vent glacé. Personne ne sait si le temps passe hyper rapidement ou s'ils mettent des années à atteindre l'auberge (surtout l'un des protagonistes de cette scène, le plus jeune, chargé à bloc, tête penchée en arrière sur le dossier de la banquette, sourire béat, paupières mi-closes).

Puis tout le monde descend. Vite ! On n'y voit pas à un mètre. La doyenne se la joue fragile avec ses petits pas prudents, les amoureux s'enlacent pour se protéger en poussant des cris de douce terreur, quand le plus jeune, toujours bien perché, s'amuse à avaler le plus de flocons possible.

Pas un péquin à l'auberge. Klaus avait beau se vanter d'avoir privatisé l'endroit, ça sentait grave le sapin, cette affaire. J'ignore qui est responsable de l'aménagement de l'espace, mais on ne peut pas continuer à faire semblant de vivre dans la série *Heidi* : lambris du mur au plafond, nappes à carreaux verts et blancs, chaises en pin massif aux dossiers ornés de gros cœurs découpés, et lustres en bronze doré avec de fausses bougies diffusant une lumière brumeuse.

Nous avons pris place autour de la seule table dressée, près d'une petite fenêtre par laquelle contempler la fin du monde. Ma mère et Klaus se sont glissés comme deux ados en roucoulant sur la moelleuse banquette (sympa de demander !), m'obligeant à me contenter d'une chaise particulièrement inconfortable. Hildegarde, elle, n'a pas moufté, c'est même avec un sourire de sadique qu'elle a posé son derche osseux, visiblement elle kiffe le confort version protestante où chaque mouvement t'arrache une grimace de douleur.

Un jeune employé (Niels), l'air au bout de sa life, nous a accueillis. Sourire triste, figure un peu pâlotte, cernes violacés et cheveux tirés en arrière en un catogan assez imposant. C'est clair qu'avec un teint hâlé, les cheveux lâchés et sapé autrement qu'en croque-mort, Niels serait une bombe, là il faisait juste pitié à dérouler le menu tout en posant maladroitement sur la table une grande assiette ovale croulant sous des canapés au saumon fumé décorés alternativement d'une câpre ou d'une feuille de cresson.

Klaus a commandé du prosecco. Sans transition aucune, il s'est mis à causer de la patronne des lieux, l'aubergiste. Une belle personne. Courageuse, travailleuse. Tellement qu'elle travaillait dur, elle était en ce moment même en train de livrer ses plats aux villageois qui ne pouvaient pas faire le déplacement. Après trois toasts avalés avec une voracité limite gênante, Klaus a ajouté : une femme du peuple, simple, sans chichi et avec de *vraies* valeurs. Sans l'effet du cannabis, je me serais probablement étouffé. De quelles valeurs tu causes, Klaus ? On est quand même plus proche d'Uber Eats que de mère Teresa. Elle n'a pas servi du goulasch gratos à la *Sporthalle*, elle a grimpé la montagne en SUV pour satisfaire sa clientèle de bourges bien logés et bien nourris.

Après, j'ai comme un trou noir. Je me revois descendre aux toilettes, et surtout je me souviens de la déco : la couleur des lunettes des chiottes rappelait parfaitement, et ce, jusque dans les moindres nuances, celle des bois de cerf. Pourquoi ce détail ? Eh bien parce qu'il y avait une tête de cerf empaillée au-dessus de chaque lavabo et que j'ai longtemps bloqué sur leurs yeux de verre qui semblaient chercher à lire dans mon âme, voilà pourquoi ! Je t'épargne le passage où j'ai eu l'impression de pisser pendant trois heures d'affilée, car c'est au moment où je me lave les mains, et qu'accessoirement je bloque sur la mousse onctueuse et abondante, que je commence à flipper tout en réfrénant un fou rire.

Des pas lourds résonnent. Klaus vient de faire son entrée. Tout va bien, Oliver ? On se demandait ce que tu faisais aussi longtemps aux toilettes. Tu n'es pas malade, au moins ? Ou alors… Tu fumais ? Tu sais que c'est très mauvais pour le cerveau. Que certains souffrent de bouffées délirantes. Moi, je sens une odeur âcre, ici, pas toi, Oliver ? Pendant qu'il me mitraille de questions, Klaus ouvre chaque porte en reniflant comme un cochon truffier. Intérieurement, je suis mort de rire, mais par miracle je réussis à me contenir. Si j'ai tiré quelques lattes, assis sur la lunette imitation bois de cerf ? Ça se peut. En tout cas, j'ai dû avoir la présence d'esprit de tirer la chasse pour faire disparaître le mégot, car notre inspecteur de la brigade des stups n'a rien trouvé.

Soudain, Klaus se plante derrière moi, ses grosses pattes sur mes épaules. Tu as besoin d'un vrai père, qu'il me sort. *Du brauchst einen echten Vater, mein Junge.* Quelqu'un pour m'inculquer un peu plus de respect et de sens des réalités. Et là, sur la vie de ma mère, comme si un esprit me possédait, je lui rétorque d'un ton aussi innocent que possible : euh, au fait, on a des nouvelles de ton ex-femme ? Si ça se trouve, il lui est arrivé quelque chose. En vrai, jamais je n'aurais osé le provoquer ainsi. Mais la délicieuse vague de chaleur qui montait depuis que j'avais rejoint mes potes cervidés décapités m'avait donné du courage.

Dans le miroir, Klaus sourit, l'air hyper confiant. Ses mains se resserrent en mode je vais te broyer la nuque. Tu as beaucoup trop d'imagination, Oliver. Tout à l'heure, nous en avons longuement discuté avec ta mère, c'était juste après votre échange dans *notre* chambre. Tes dons de persuasion sont drôlement efficaces, elle était à deux doigts de descendre avec toi à la cave. Qu'à ton âge tu aimes te raconter des histoires horribles est tout à fait normal. Mais tu ne peux pas, au nom de ton imagination débordante, accuser des personnes sans l'ombre d'une preuve. Est-ce que tu connais le sens du mot diffamation ?

Encore un black out. Me voici de nouveau à table, une femme ventrue au-devant et joufflue derrière, soufflant lourdement à chaque geste, dont la tête semble directement posée sur ses épaules, le visage luisant comme si on venait de le frire, est en train de découper *die weihnachtsgans*, la traditionnelle oie de Noël. J'ignore à quoi ils la nourrissent, mais on dirait une autruche mutante. (Je parle de la bête.) Oliver, bon sang, qu'est-ce que tu traficotais aux toilettes ? Ma mère m'engueule. Klaus et Hildegarde me fixent avec cet air de satisfaction qu'arborent les savants fous au moment de saisir leur scalpel préféré.

On me sert une assiette de chou rouge et de *Semmelknödel*, des boulettes de pain rondes comme des balles de ping-pong. Il doit bien y en avoir une dizaine ! Et tu nous fais le plaisir de manger. Tiens, prends aussi un morceau de blanc. Tu verras, ça n'a même pas le goût de viande, allez, un petit effort. Ça jubile, ça impose, ça parle de plus en plus fort, ça recommande du vin, pendant ce temps je m'amuse à couper la nourriture en parts aussi minuscules que possible pour faire semblant de manger.

On me réveille. Où suis-je ? Couché en chien de fusil sur une des banquettes. Niels a défait ses cheveux, il essuie les verres derrière le comptoir et me gratifie d'un petit clin d'œil. Il est temps de rentrer. Grosse fatigue dans l'Audi. La visibilité est proche du néant. Klaus a presque le front collé sur le pare-brise, il roule à vingt kilomètres/heure. En dépit des pneus neige, l'Audi dérape légèrement. Et si elle traversait le ciel, l'espace, tel le traîneau du petit papa Noël, ou si elle empruntait quelque couloir parallèle ?

❄

Pas fumé depuis plusieurs heures. L'esprit clair, limite si un troisième œil ne m'est pas apparu au milieu du front. À quoi ça m'a servi ? À noter que les événements et comportements étranges se multiplient. Évidemment que je comptais te donner des exemples. Laisse-moi juste le temps de finir une phrase !

Quand je suis sorti (parce qu'il y avait une accalmie et que je voulais à nouveau sentir les flocons duveteux fondre sur mes joues), il ne s'est pas passé deux minutes qu'Amer débarquait, complètement paniqué. Se plantant devant moi pour me barrer le chemin. *Don't go out, Oliver, get back inside.* Je me promène si je veux. *I said : get back inside*, qu'il insiste. *Now !* Vas-y, dégage, retourne à ta clôture. Ce n'est pas comme si je comptais bivouaquer dans la forêt ou grimper au sommet des montagnes. Juste respirer un peu d'air frais.

En parlant clôture, un truc clochait. Mais quoi ? À peine j'avais avancé de trois petits pas que l'autre pédé m'a saisi le bras. Aïe, ça fait mal. *Another storm is coming*, une autre tempête s'annonce. Tu te prends pour qui ? J'étais sur le point de lui en coller une lorsqu'il m'a violemment plaqué au sol. Ma tronche dans la poudreuse. En deux secondes j'étais épuisé. *Please, go back to the cabin*, *Oliver*.

Dans l'entrée, alors que je claquais des dents comme un squelette, j'ai perçu une espèce de murmure, à la fois lointain et étrangement proche. Genre sous terre. Des voix. Celle de ma mère et celle de Klaus. Plus je m'approchais de la porte de la cave et plus elles devenaient distinctes. Fermée à clé ! Mes poings tambourinant avec vigueur. Remonte, maman, vite, s'il te plaît. Ma gorge se serrant jusqu'à étouffer mon cri. Viiiite ! En un quart de seconde, ma daronne est apparue. Immédiatement suivie de Klaus. Puis Hildegarde a passé la tête dans l'embrasure de sa chambrette, que se passe-t-il ? Je faisais une sieste et j'ai entendu un hurlement.

Selon les explications officielles (mensongères !), Klaus et ma mère étaient simplement descendus pour constater le bon fonctionnement du tableau électrique. Grâce à Amer qui avait œuvré une partie de la soirée du 24. De toute façon, il ne fêtait pas Noël et serait payé double. Quelle générosité, décidément. Ignorant mon commentaire, Hildegarde a renchéri : désormais, plus de coupure ! Le dîner se déroulerait sans encombre. D'ailleurs, le soir tombait, il était temps de se préparer.

❄

Ma mère est passée me voir. Heureusement qu'elle a frappé avant, le temps que je te range sous l'oreiller et que je fasse mine de m'absorber dans *Mon beau chalet* (j'ai commencé un autre conte trop trop triste). Sans herbe, je suis à fleur de peau. Elle ne s'était pas encore posée sur le lit que déjà je chialais sans discontinuer. N'empêche que j'ai eu droit à une étreinte maternelle d'une douceur que je pensais avoir perdue.

Entre deux hoquets, j'ai promis de me calmer, et entre trois sanglots, de bien faire la différence entre ce que j'imaginais dans ma petite tête et la réalité. Ma mère avait aussi les yeux humides. Que d'émotions ! Est-ce que je ne voulais pas descendre avec elle à la cave, afin de clore ce chapitre une bonne fois pour toutes ?

Le temps de sécher mes joues et voici que la porte s'ouvrait sur l'obscurité sinistre du sous-sol. Malgré la voix rassurante de ma daronne, mon cœur bondissait dans ma poitrine tel un oisillon affolé. Au fond de la pièce principale, le congélo, qui bourdonnait et qu'on avait visiblement briqué, car ça sentait un mélange de vieux cul de souris et de détergent.

Plan rapproché sur la main de ma mère faisant glisser la porte du congélateur. Boum boum boum. Mon oisillon de cœur se cognant dans tous les coins et recoins de ma cage thoracique. Point de cadavre gonflé et putride mangé par ses petits amis tout blancs.

Simplement de gros morceaux de viande sous vide, apparemment du gibier, vu la taille des cuisses. J'ai promis à ma mère de bien me tenir à table, de faire bonne figure. Pour la première fois depuis le début du séjour, je ne fumerai point. Promis, juré.

**25 décembre – tard dans la soirée –** Maudit soit le repas de famille en pleine conscience ! Au salon, tout en disposant des coupes sur la table basse, Hildegarde fredonnait un truc à avoir envie de se cogner la tête contre les murs, tandis que ma mère et Klaus, enlacés de manière limite provocante, mataient le sapin dont il vantait la vaillance. Il ne perd aucune épine. Incroyable. Comme si on venait de l'arracher à la forêt. Moi, par contre, j'étais le (beau) fils invisible. Houhou ! Même quand j'ai déposé mon cadeau (une écharpe pour ma mère) au pied du sapin, personne n'a réagi.

Dans la cuisine, Amer était à moitié allongé sous l'évier. En train de tripoter la tuyauterie sans piper mot. Il ne manquait plus que lui. J'aurais dû profiter de sa vulnérabilité pour me venger bassement. Au lieu de quoi j'ai simplement fait *Hi, Amer, what's up ?* Ils disent tous ça dans les séries. Zéro réaction, à part un bruit métallique d'outil et un soupir. Ils avaient fait un pari, ou quoi ? Celui de me faire passer pour un spectre ? Me penchant au-dessus du réchaud, j'ai soulevé le couvercle super lourd de la cocotte en fonte. Heureusement que j'ai le cœur bien accroché. Ça puait les sous-bois humides où poussent de gros champignons vénéneux.

*You don't like meat ?* qu'il me sort, l'autre. J'ai reposé le couvercle avec fracas. De la position couchée, Amer s'est tout à coup retrouvé à côté de moi, courbé sur l'évier, remplissant un verre d'eau et déclarant, satisfait : *No more leaking*. Non, je n'aime pas la viande parce que je suis végétarien, mais j'ai pas osé me la ramener. Face à un réfugié, j'imagine que faire la fine bouche sur la bouffe frise l'indécence. Du coup, j'ai simplement répondu que ça sentait bizarre. Trop de vin dans la sauce, probablement. Un ange est passé. Donc, tu as réparé l'élec ? *No more power cuts ! And now, no more leaking, you are a genius, Amer.*

Putain, qu'est-ce qui m'a pris ? En plus, j'avais l'air d'un illuminé en lui disant cela. Le mec s'en bat les couilles de moi, puis il me dénonce, et enfin il me traîne par la peau du cou comme un vulgaire chiot pour me faire rentrer à la niche, et moi… je le traite de génie !

Je t'entends ricaner, mon cher. Tu te fous de ma gueule !

Amer m'a considéré un temps, puis il m'a sorti que l'électricité fonctionnait parfaitement au chalet. *No problem !* Par contre, il y avait toujours eu des soucis de tuyauterie. Faut vraiment qu'il apprenne à mieux causer anglais, car j'ai l'impression d'entendre tout et son contraire. Bref. Ensuite, j'ai eu droit aux remerciements. Sans Mister Klaus, ça aurait été la galère. *Klaus was always good to me.* En gros, Amer lui devait beaucoup. L'éternelle reconnaissance, donc, envers celui qui lui avait trouvé un job et qui avait su se montrer *generous*. Amer s'est essuyé les lèvres. Il venait de boire d'un grand trait, assoiffé et l'air stressé de la vie. J'ai brusquement fait un pas dans sa direction. *Have you been to my room, Amer ?* Ses yeux se sont exagérément agrandis. Puis il a ouvert la bouche et prononcé mon prénom. *Oliver, I…*

C'est à ce moment précis que mamie a débarqué, cette fois en sifflotant. Sérieux ? Dans un bref épisode hallucinatoire, j'ai vu sa tête flotter dans une marmite. Oh mon garçon, tu es là ? Puis d'un ton mielleux mais ferme : *Amer, you can go home now, happy Christmas !*

❄

Pendant l'apéritif, j'ai tenu bon. Klaus n'arrêtait pas de poser ses sales pattes sur ma mère. Une caresse sur sa joue, une main sur le bas de son dos, sur sa nuque, ses épaules, ses doigts glissés dans ses cheveux. Y a des hôtels pour ça ! Hildegarde les observait du coin de l'œil, gloussant comme une dinde, sirotant un

Campari rouge orné d'un petit parasol jaune à points bleus.

Les quenelles étaient bien moelleuses et fondantes. Il a juste fallu que j'insiste pour pas qu'on me serve de *Weihnachtliches Rehragout* – Bambi mijoté pour l'occasion dans une sauce aux fruits rouges et à l'orange. L'odeur me répugnait toujours autant, sans parler de la texture, la viande filandreuse baignant dans l'épaisse crème brune. La possibilité, même infinitésimale, qu'ils se régalent de Liselotte bourdonnait non loin de mon esprit. De toute façon, ils me cachaient quelque chose. À commencer par Amer et son attitude bizarroïde. Et que dire de l'étoile ? Oui, l'étoile du sapin. Ah merde, j'ai oublié de t'en parler. Réapparue. Comme par enchantement. La magie de Noël, LOL. Hier encore, je la fais cramer dans le poêle. Aujourd'hui, la voilà de nouveau au sommet de l'arbre. Non, je ne me fais pas des idées. Pour le soutien, on repassera, hein. On peut aussi tenter une expérience : je te jette au feu, là tout de suite ; et demain, je te retrouverai sous l'oreiller ?

Déjà la troisième bouteille de vin de Moselle. On me casse les burnes parce que je fume, on me traite presque de tox, et pendant ce temps les boomers se remplissent la panse de bidoche et de pinard. Comme Hildegarde insistait lourdement, j'ai dit OK pour reprendre une demi-quenelle. Aux prochaines vacances on partira au soleil, a subitement déclaré Klaus à ma mère. Pourquoi pas Tenerife ? Ou Fuerteventura ? Loin des hivers, des cheminées crépitantes et des arbres poudrés de frimas. Il ne l'a pas *exactement* exprimé de cette façon, vu que c'est un attardé mental qui ne sait pas aligner trois phrases, je me permets d'améliorer un peu son discours. Ma mère a commencé à rougir. Et là, il a ajouté : cela ferait un beau voyage de noces. J'ai immédiatement recraché un morceau de quenelle dans mon assiette, sous le regard effaré de Hildegarde.

– Oliver, fais attention, enfin !

– Quoi ? Vous marier ?

– Mon chéri, nous allions t'en parler dès notre retour à la maison.

– Je croyais que Klaus n'avait pas encore divorcé de Hildegarde et que cette même Hildegarde avait disparu… Du coup, on s'emballe pas un peu trop, là ?

– Tu veux dire Liselotte, mon garçonnet ? a demandé Hildegarde, ses petites pupilles de fouine dilatées et brillantes.

– Oui, oui : Liselotte, l'ex de Klaus. Vous m'aviez compris.

– Oliver, mon petit… Liselotte n'est, hélas, plus de ce monde. Nous l'avons appris ce matin même par les policiers. Après plusieurs jours de recherches, on a retrouvé son corps un peu plus loin dans la vallée. Paix à son âme.

– Genre la meuf qui se promène en pleine tempête aux alentours.

– C'était une femme fragile, désespérée. Qui n'avait pas toute sa tête.

– Si je résume : une ex gravement congelée et un mariage aussitôt programmé. Tu ne perds pas de temps, Klaus.

– Oliver ! Tu retires immédiatement ce que tu viens de dire.

Ma daronne, regard noir, croisant ses bras en mode Kapo.

– Oh, laissez-le exprimer sa colère ! Cet enfant aimerait simplement garder sa maman pour lui tout seul, a soupiré la vieille carne tout en sauçant énergiquement son assiette.

– Pourquoi il faut absolument se remarier ? Pour la robe ? Les thunes ? Personne ne les loue, ces chalets chelous. T'es sûre, maman, que c'est un bon parti ?

– Cet enfant est drôlement remonté. Ça doit être le sevrage.

– Bien essayé, Hildebarde, mais vu que je ne fume pas, je n'ai pas besoin de me sevrer.

– Ouh le vilain menteur.

– Klaus attend toujours tes excuses…

– Je possède sept chalets, mon garçon, ce n'est pas rien.

– Et une femme dans chacun d'entre eux, MDR.

– Mais bon sang, qu'est-ce qui te prend, Oliver ?

– Ça va, ça va. Chillez un peu.

– Et voilà qu'il recommence à parler une langue que personne d'autre que lui ne comprend.

– Détendez-vous, après tout, c'est Noël.

– Des excuses. Maintenant.

– *Sorry*, beau-papa que j'aime. J'ai tellement hâte que nous devenions une famille, une vraie, et que nous découvrions tes beaux chalets.

– Si c'est pour faire l'idiot, cela ne sert à rien.

– Oliver, aide ta grand-maman à débarrasser la table, veux-tu ?

Tellement hâte que le repas se termine. De te retrouver (et de rompre mon vœu d'abstinence). Avec Hildegarde, on remplissait le lave-vaisselle, et voilà qu'elle me sort, la mine grave, son petit front plissé en vagues, qu'Amer a une amoureuse restée au pays et qu'il compte bien, à présent que la situation s'est améliorée, rentrer chez lui. OK, mais quel rapport avec moi ? Le regard de miséricorde qu'elle m'a jeté ! Oh, mais Oliver, pour que tu ne te fasses pas d'idées. Quand tu reviendras, il sera probablement parti, marié et père de famille. Merci pour cette mise en garde, espèce de clocharde. Pour le dessert, on a eu droit à une sorte de cheesecake avec de grosses cerises au kirsch à l'intérieur. Prétendument dénoyautées, sauf que j'ai failli me casser les dents à chaque bouchée ! J'étais sur le point de filer (et tant pis pour l'écharpe), lorsque Hildegarde a déclaré ouverte la distribution des cadeaux. En commençant par *un petit quelque chose* pour sa belle-fille préférée.

– Oh, il ne fallait pas, Hildegarde !

– Voyons, c'est Noël et vous faites désormais partie de la famille.

– Nous, par contre, on a complètement zappé de vous acheter un truc. Aïe !

(Léger coup de pied de la part de ma mère.)

– Ne t'a-t-on jamais appris, mon petit, qu'il y a plus de joie à donner qu'à recevoir ?

– C’est quoi encore, cette règle ?

– Une parole de sagesse prononcée par le pape Léon XIII.

– C’est surtout l’excuse d’un mec qui n’a pas d’amis et qui cherche à se faire aimer.

– L’amour, c’est le partage et la générosité. Un jour, tu comprendras, Oliver.

En disant cela, Hildegarde avait disparu sous la table. Quelques instants plus tard, ma mère défaisait le ruban vert satiné d’un paquet volumineux.

– Je suis sûre que vous allez l’aimer, ma belle-mère m’en avait fait cadeau il y a très exactement quarante-sept années de cela !

– Ça sent la modernité à plein nez.

– Mon garçon, a fait Klaus en débouchant une nouvelle bouteille, pourquoi tu gigotes ainsi sur ta chaise ? Profite de ce moment.

– N’entre pas dans son jeu, Klausie, tu vois bien qu’il cherche à capter l’attention. Vivement que sa maman lui donne une petite sœur ou un petit frère.

– Ce ruban est décidément difficile à enlever, tu ne veux pas m'aider, Oliver ?

– Si ça se trouve, ma maman n'a absolument pas envie d'avoir d'autres enfants, surtout plus de QUINZE ANS après le premier.

– Oh mais voyez-moi ce garnement qui veut jouer dans la cour des grands.

– Un robot multifonction, alors ça, ça me fait drôlement plaisir, a déclaré ma mère avec un enthousiasme tellement forcé que j'ai bien cru qu'elle allait se bloquer la mâchoire.

– Comme son nom l'indique, il est *multifonction*, y compris le pétrissage de la pâte.

– Ça tombe bien, ma mère adore faire le pain. En général, elle s'y met après avoir plumé les volailles et trait les chèvres de la ferme en leur chantant une berceuse. Mais, aïe ! je vais avoir un bleu.

– Je pense que ta maman est en train de te signifier de prendre une grande inspiration et de te calmer.

– En tout cas, merci infiniment, Hildegarde. Dès que nous rentrons, je le teste.

– En plus, c'est petit, léger, ça se glisse dans une trousse de voyage, vous avez vraiment pensé à tout, Hildebrande.

– Ta maman va gagner beaucoup de temps avec cet ustensile ménager, mais ça, tu ne peux pas le comprendre, puisqu'un enfant-roi a l'habitude de se faire servir.

– Et là vous allez me sortir que ce robot va la libérer ?

– Une femme peut tout à fait s'épanouir au sein d'un foyer et même exercer beaucoup de pouvoir, contrairement à ce que certaines *soi-disant* féministes veulent bien nous faire croire.

– Régner en maîtresse au-dessus des fourneaux, décider des menus, de l'heure des repas, c'est vrai que ça fait rêver.

– Que tu peux être naïf, *mein Kind*, toutes les femmes ne veulent pas et surtout *ne peuvent pas* devenir présidentes.

– Bah, qu'on commence par leur donner la possibilité, non ? Ça vous dit quelque chose, l'égalité des chances ?

– Ce débat est passionnant, mais je voudrais offrir ceci à la femme que j'aime, a déclaré

Klaus, en posant un (tout) petit paquet sur la table.

– Oh ! Klaus, c'est adorable de ta part !

– Moi, je t'offre une écharpe : regarde.

– Attends d'abord que je déballe le petit paquet de Klaus.

– Ton tour viendra, mon garçon.

– Cette bague est… magnifique, a murmuré ma mère, sans y croire un seul instant.

– Elle a appartenu à mon arrière-arrière-grand-tante, s'est pressée d'ajouter Hildegarde, en s'essuyant discrètement le coin de l'œil.

– Une bague en forme de gros cafard ? Du coup, pour le mariage, ce sera une robe à imprimé vers de terre ?

– Oliver ! Il s'agit d'un scarabée, et c'est de l'or pur.

– Plus discret comme bijou de famille, c'était pas possible ?

– Le scarabée est un porte-bonheur, il symbolise la résurrection.

– J'espère que ton ex l'a pas portée, sinon elle va nous revenir en mode zombie.

– Mais tu n'es pas possible, Oliver ! Tu n'arrêteras donc jamais !

Ma mère est entrée dans une colère noire. Ça se voyait trop qu'elle détestait cette bague, et plutôt que de l'admettre, elle se défoulait sur moi.

– M'arrêter de quoi ? De dire la vérité ? De dire que tout le monde s'en branle de la mort de Liselotte. Qui d'ailleurs se retrouve comme par hasard congelée juste au moment de vos fiançailles ?

– Ton langage, Oliver ! Je n'accepterai pas de mots grossiers sous mon toit.

– *Entschuldigung*, mon beau-papa : tout le monde s'en cogne de la mort de Liselotte, ça va mieux comme ça ?

– C'est assez ! a soudain explosé Klaus. (Jamais il n'avait perdu son sang-froid.) Tu montes dans ta chambre immédiatement !

– J'ai pas encore donné mon cadeau.

– Je crois que ta maman ne désire pas de cadeau d'un vilain petit garçon comme toi. Allez, ouste, au dodo, et tu as de la chance d'avoir eu ton dessert.

– Si vous me parlez encore une fois comme à un gamin de deux ans, votre chignon va finir dans ce mixeur.

– OLIVER, mais tu as perdu la tête ? On ne menace pas une dame âgée !

– Ce petit a besoin d'un suivi psychologique et peut-être d'un encadrement plus sérieux.

– En attendant, je t'ai dit de monter.

– Ne me donne pas d'ordre, t'es pas mon père.

– Oliver, s'il te plaît ! Fais ce qu'il te dit.

– Ah, OK, on en est là. Enlève un peu la bague, pour voir ? À mon avis, tu dois être possédée par le démon de l'épouse soumise.

– Mais tu t'entends, Oliver ? Parler comme ça à ta propre mère ?

– Finalement, je vais prendre l'air. Avec un peu de chance, je trouverai un autre chalet avec une famille normale. Ça me changera un peu d'une mère qui se range aveuglément auprès de son mec. Lequel a probablement buté sa femme et caché son corps dans le congélateur de la cave avec la complicité de sa folle de mère.

– Tu devrais avoir honte, mon enfant, de tenir de tels propos. Puissions-nous un jour pardonner tes errances.

– Il n'y a rien dans cette cave, et tu le sais pertinemment.

– Des accusations grotesques, simplement pour empêcher deux êtres qui s'aiment de s'unir.

– OK, je me casse, j'espère que tu seras triste, maman, quand les flics me retrouveront en Mister Freeze.

– Je t'interdis de sortir dans ce blizzard, a brusquement beuglé Klaus, le visage cramoisi.

– Ah ouais ? Et moi, je te propose d'aller te faire enculer.

– OLIVER !

– Éloigne-toi de cette porte. Je te le demande calmement.

– Vas-y, m'approche pas !

– Tout doux, mon garçon.

– Mais lâche-moi, espèce de bâtard, tu me fais mal !

– J'en ai assez de tes insultes, tu vas te calmer sur-le-champ, sinon…

– Sinon, quoi ? Tu vas me congeler ?

– Klaus, lâche mon fils.

– Arrêtez de vous disputer, nous n'avons pas fini de distribuer les cadeaux.

**26 décembre – matin –** Le ciel est azur de chez azur, et ma chambre, inondée de lumière. Bizarre. Oui, bizarre, car en temps normal le soleil commence à briller côté salon-salle à manger, et c'est seulement après le déjeuner qu'il vient dorer mon petit balcon.

J'ai un gros bleu sur le bras, juste au-dessous de l'épaule. On voit rien sur la joue. Dommage. Je serais bien allé au petit déj avec la marque de cette baffe qui a failli m'arracher la tête. Nous partons tout à l'heure. Je m'en branle d'aller en internat, puisque c'est visiblement ce qui est prévu. La seule bonne nouvelle, c'est que ma mère semble hyper remontée contre Klaus. Je les ai entendus se disputer au petit matin dans la salle de bains. Jusqu'à présent, le type avait fait un sans-faute. Ma mère a parlé de violence éducative ordinaire, un truc qu'elle ne tolérerait jamais. Elle a ensuite évoqué une pause. Car elle avait besoin de réfléchir, de prendre du recul. Oui, ça fait mal, ça brûle si j'appuie dessus, et quand je lève le bras droit, ça me tire. À la bonne heure ! Avec un peu de chance, la pause va vite se changer en *je te dégage pour toujours, Klaus, va mourir dans tes chalets chelous.*

Je ne suis pas d'accord avec ton analyse. Loin de moi l'idée de le pousser à bout. Mon intime conviction est qu'il a réellement buté son ex. Le prouver, c'est autre chose… Jamais, a répété ma mère, elle ne tolérerait qu'on porte la main sur son fils, même si son fils est un ado agressif, incapable de gérer sa colère, comme moi. Sympa comme portrait. Parce que la meuf qui s'entiche du premier assassin venu, elle n'a pas de problème de gestion de ses émotions ? Klaus s'est entêté. Perso, je me serais excusé platement. Mais non. Sûr de lui, de sa défense, il a argué que, quand un gamin est prêt à s'enfuir en pleine tempête, il faut l'en empêcher, même si cela oblige l'adulte à user de sa force. Je ne suis pas un gamin ! Mais son argument, je l'avoue, se tient. Entre nous, jamais je ne serais aller me peler les miches dehors.

❄

Grosse ambiance au petit déj. Pas de bonjour ni de tu as bien dormi ? sers-toi un café tant qu'il est encore chaud. Tous tiraient une tronche de deux mètres. Quelqu'un d'autre est mort ? j'ai demandé. Silence glacial. Hum, vraiment bon, ce café. Peut-être le meilleur café depuis le début du séjour, merci, Grand-Maman. Une sorte de tension électrique planait sur la cuisine. Entre ma mère et Klaus : pas une parole échangée ni un regard, tout juste si on les entendait respirer. Hildegarde, qui d'habitude avalait plusieurs tartines de fromage frais à l'ail et aux herbes avant une portion plus que généreuse de *Birchermüesli*, avait à peine touché à son assiette. Amer va vous conduire à la gare, a-t-elle fini par lâcher de sa petite voix murmurée. J'ai cru qu'elle allait se mettre à chialer. Quelle joie, putain ! La pause entre les deux était actée. Pas de retour au bercail avec Klaus. Ce sentiment d'exultation ! Prêt à déplacer des montagnes.

Pour fêter ça, je m'en suis roulé un sur le balcon. Correctement chargé pour apprécier les dernières heures au chalet chelou. Trop beau, les sapins qui croulent sous la neige. Magnifique, toute cette neige amoncelée comme de grosses dunes reflétant les rayons du soleil. Sublime, ce paysage éblouissant, aveuglant, que je découvrais comme pour la première fois. À moins que… ?

Une révélation. Me frappant comme la foudre. Au loin, des corneilles tournoyaient, m'encourageaient ! Tout faisait (enfin) sens. Un sentiment d'excitation comme jamais je n'en avais éprouvé montait très haut dans le ciel, qui brusquement est passé du bleu au gris sale.

❄

Nous étions sur le point de partir, Amer avait déjà chargé les valises dans le coffre de la bagnole. Je me suis raclé la gorge et j'ai annoncé que j'avais quelque chose à dire. De la plus haute importance ! Cinq minutes, c'est tout ce que je demandais. Hildegarde a proposé que nous en discutions au salon. Mais vite, car le temps pressait. Qu'y a-t-il, Oliver ? Je suppose qu'ils attendaient que je me flagelle pour leur avoir pourri leur fin de repas de Noël.

Je ne te cache pas qu'un filet de sueur froide me glissait dans les reins. Alors voilà, depuis le début du séjour, j'avais noté plusieurs faits, détails, événements chelous dont le sens profond m'échappait. Une prise de tête comme rarement. De quoi parles-tu, Oliver ? a voulu savoir ma mère, vaguement soûlée. Plusieurs fois elle a maté sa montre.

Alors, pour les détails en question, il y avait d'abord l'élec. Combien de fois avait-elle sauté les premiers jours ? Des dizaines de fois. Et puis le lendemain du réveillon : plus *aucune* panne. Grâce, paraît-il, à l'intervention d'Amer, le dieu des fusibles. Or ce dernier, au détour d'un échange passionnant et riche en rebondissements, m'avait lâché qu'il n'y avait *pas* de soucis d'électricité au chalet. Autre élément bizarroïde : l'étoile du sapin. Le soir, je la jette dans le poêle, et voilà qu'elle ressuscite de bon matin. Et que dire des bougies qui changent mystérieusement de parfum d'un jour à l'autre ? Sans parler de la cave avec son congélateur soudain rempli de cuissots de chevreuil, alors que, la veille, j'y avais découvert un corps plus tout frais. Je sais ce que vous vous dites, mais ce n'était PAS une hallucination NI un mauvais rêve.

Je parlais hyper vite, avec le plus de conviction possible, cherchant mon souffle. Pendant ce temps, ma mère continuait de plisser le front et de jeter des coups d'œil furtifs au cadran de sa montre. Ah oui, j'oubliais la clôture. Quand j'ai voulu prendre l'air, Amer a tout fait pour m'en empêcher. Naïvement, j'ai cru qu'il cherchait à me protéger de la tempête. Pas du tout. Il devait éviter à tout prix que je voie que, au niveau de la clôture, *aucun* poteau ne manquait. Un autre miracle du réveillon ? Tout semble se réparer avec une facilité déconcertante, vous ne trouvez pas ?

Ultime cheloucherie : le soleil. Censé se lever à l'est, irradiant le salon-salle à manger pour ensuite tourner à l'ouest, du côté de ma chambre. Et ce matin, voilà que, soudainement, il aurait choisi de se lever à l'ouest ?

Klaus et Hildegarde me fixaient d'un air entre hébétude et compassion. En mode le pauvre, voilà qu'il se remet à déraisonner, faudrait songer à le faire piquer au retour. Au moment où je leur ai balancé que nous avions changé de chalet, j'ai vu une lueur soudaine incendier leur regard.

Mon cher journal : de retour de l'auberge, alors que nous glissions dans un sommeil lourd, sans rêve, ce sommeil où tu te dis que limite on a versé un truc dans ton Jägermeister, Klaus nous a conduits dans un *autre* de ces chalets. Ils se ressemblent tous. Même déco minimaliste, disposition des pièces identique, à quelques détails près qu'un mec aussi doué que moi a fini par remarquer. Amer était bien venu dans ma chambre, simplement parce qu'il était chargé de transporter nos affaires d'un chalet à l'autre. Du coup, plus de Liselotte dans la cave, tandis qu'on me faisait passer pour le grand malade de service.

Hildegarde n'arrêtait plus de rire. Un rire nerveux, forcément suspect ! Preuve que j'avais raison. Klaus se contentait de secouer la tête, mâchoires serrées. Ma mère s'est levée. Pas question de rater le train. Quant au prétendu échange des chalets, elle n'avait aucune envie d'entrer dans mon jeu. Dehors, une neige poudreuse, très fine, commençait à tomber. C'était bien ma veine. Si le paysage basculait de nouveau dans ce brouillard trouble, ma théorie allait être difficile à prouver. Voilà pourquoi Klaus avait tant insisté pour dîner à l'auberge, même en plein blizzard. *Surtout* en plein blizzard. Tout se ressemble sous la neige, les sentiers, les routes, les arbres qui les bordent, le ciel ; comment différencier des paysages brouillés par la tempête, derrière une fenêtre ou la vitre d'une voiture ?

Ravalant son dernier rire, Hildegarde a soudain changé de visage. Mon pouls s'est remis à battre à une vitesse accélérée. Cet enfant traverse une crise douloureuse, a-t-elle envoyé direct, sans affect dans la voix. En mode analyse froide d'un juge d'application des peines. Parce qu'il se sent *profondément* différent et donc rejeté… À la fois par sa maman et par le garçon qu'il aime, or qu'y a-t-il de plus douloureux qu'un amour non partagé ? Alors, la seule manière pour notre Oliver de se défendre, c'est la violence. En paroles et en actes. Diffamer, inventer, accuser, parce que, soi-même, on est *profondément* malheureux.

Toquarde. Pour autant, a-t-elle conclu, elle n'éprouvait aucun ressentiment à mon égard et me souhaitait d'être un jour libéré de toutes ces pensées négatives qui me tourmentaient et lestaient ma petite âme de pécheur.

Et ensuite ? Rien. Ni aveu, ni crise de larmes, encore moins des flics débarquant au salon, prêts à mettre les menottes aux deux assassins ! La porte principale du chalet s'est ouverte. Amer, dont les boucles sombres étaient couvertes par un léger duvet floconneux, nous a mis un bon coup de pression. *Let's go !*

**10 janvier – soir –** Je t'écris depuis ma chambre à l'internat. Avec mon coloc, Anthony, on s'entend plutôt bien. Il est juste de l'autre côté, comme moi, avachi sur le lit, en train de jouer à un jeu vidéo auquel, très honnêtement, je comprends que dalle. Que j'écrive dans un journal ne semble pas le déranger. Ma mère ne m'a pas abandonné. Drôle de question. J'ai simplement changé de lycée. Ici, ils ont la filière que je souhaitais : ébénisterie. Ne pas se voir durant toute une semaine nous fait du bien. Mères et fils ont aussi parfois besoin de faire une pause. Et puis les meufs déprimées parce qu'elles se rendent compte que leur mec est psychopathe, je préfère qu'elles se débrouillent.

Ce n'est pas comme si je ne l'avais pas prévenue. Ils se sont séparés. Tu peux me féliciter, oui. Grâce à ma ténacité, je suis parvenu à éloigner ma mère de Klaus pour de bon. De toute manière, si je recroise ce type, je le transforme en kébab. Anthony adore les kébabs, ça me dégoûte quand il en bouffe dans la chambre. En échange, j'ai le droit d'en fumer un petit de temps à autre. Tu sais ce qu'il a dit lorsque je lui ai raconté l'histoire du chalet chelou pour la première fois ? Trop mortel, ton Noël, Oliver.

Je dis que Klaus est un psychopathe, mais jamais il n'a été arrêté ni même inquiété par les autorités. Jusqu'à la fin, j'ai tenté ma chance. C'est bien toi qui as déplacé nos affaires d'un chalet à l'autre ? Trois fois j'ai posé la question à Amer dans la voiture. Entre nous, le mec conduit comme un manche. Le regard coupable qu'il m'a lancé dans le rétro ! Je les connais, les yeux de ceux qui ont quelque chose à se reprocher. Au moment de nous dire au revoir devant la gare minuscule du *Dorf*, Amer m'a serré la main. Il aurait pu m'enlacer comme le font les potes, bordel. J'ai senti quelque chose au creux de ma paume.

Un petit morceau de bois peint en rouge avec des arabesques dorées. Tout racorni et brûlé sur les côtés. L'étoile ! Du moins ce qu'il en restait. *I saved it*, s'est-il contenté de dire.

Hildegarde aura eu raison sur un point : rien n'est plus cruel que les sentiments non partagés. Pauvre Amer. Devenir complice par loyauté envers ceux qui lui ont donné du travail. Je suppose que j'aurais agi de la même façon. Prêt à tout pour la main qui vous nourrit. Pas un jour sans penser à lui et espérer très fort (limite comme une prière intérieure que je réinvente à chaque fois) qu'il pourra bientôt quitter ce bled, choisir enfin sa vie.

❄

Hier, avant de me coucher, j'ai relu le dernier conte de *Mon beau chalet*, celui dont je te disais qu'il était vraiment triste. « L'étoile blanche ». Ce n'est pas très long, ensuite on ira se coucher. Si ça commence par *il était une fois* ? Mon cher journal : *toutes* les histoires commencent ainsi.

❄

*Il était une fois* un enfant coincé entre un père autoritaire et violent, une mère en mode lavette et une grande sœur bientôt majeure, impatiente de se casser au plus vite. À l'école, le tableau n'est pas plus réjouissant : ricanements, moqueries, harcèlement par une bande de petites frappes, sur lesquels enseignants et administration ferment étrangement les yeux.

Mourir ou fuir ? Telle est la question.

Alors, un beau matin d'hiver, avec son baluchon sur l'épaule, l'enfant part. Après sept jours de marche dans un paysage de neige aveuglante lui apparaît un petit chalet trop mignon. Il y a quelqu'un ? Seul un infime écho de sa voix lui répond. Il fait si bon à l'intérieur. Une pièce unique richement décorée de lambris et de meubles anciens aux poignées brillantes. Un feu crépite joyeusement dans la cheminée, pendant que l'enfant, curieux et intrépide, ouvre grand chaque placard, chaque tiroir, qui tous renferment un nombre infini de chocolats, pralines, pâtes d'amande, petits nougats tendres aux parfums variés, fruits confits, sucres d'orge, meringues miniatures, ours en guimauve, caramels, bon je coupe court, car la description dure plusieurs pages.

*Je ne manquerai plus jamais de rien*, se dit l'enfant chaque soir à voix basse, en bourrant ses poches de friandises.

Peu à peu l'enfant perd la notion du temps. N'est-ce pas là le plus grand des bonheurs que de se laisser vivre au gré de la lumière du dehors ? Du soleil qui tour à tour éblouit, décline, puis tire sa révérence derrière un rideau de nuages ?

Les semaines passent. Dehors, il gèle à pierre fendre. Derrière la grande bibliothèque, l'enfant découvre une pièce secrète. Cette fois, les tiroirs renferment des pères Noël en chocolat particulièrement imposants, dans des emballages rouge et or. Certains sont aussi grands que le bras de l'enfant ! À la première bouchée, l'enfant ne peut réprimer un mouvement de répulsion. Un goût de vieux papier mâché, de rance et de poussière. Beurk. Au cours des jours suivants, le petit chalet continue de s'étendre, révélant d'autres chambres cachées, d'autres meubles lourds, des tiroirs qu'on ouvre avec peine, regorgeant de sucreries de plus en plus infectes.

L'enfant finit par se perdre. Impossible de retrouver la première pièce avec le feu rassurant dans l'âtre et toutes les bonnes friandises. Épuisé, l'enfant s'endort sur le sol glacé, en position fœtale, grelottant de tout son corps frêle.

Le matin de Noël, des voix le tirent d'un sommeil haché de mauvais rêves. Par le trou de la serrure, l'enfant reconnaît des visages familiers : ses parents, sa sœur, des camarades de classe, sa maîtresse, le directeur de l'école ! Tous sont vêtus comme pour assister à une messe. Sur les tables on a disposé de grands gâteaux à plusieurs étages, aux couleurs criardes. L'enfant aimerait rejoindre l'assemblée. Ces gens l'ont fait souffrir, mais le manque et la solitude lui pèsent soudainement.

Alors qu'il s'acharne sur la poignée, des phrases flottant comme un étrange murmure lui parviennent par bribes. *Un petit garçon étrange, déprimé, toujours à part, perdu dans ses pensées, dans son monde, il souriait rarement, pas étonnant, que Dieu le protège.* L'enfant a beau crier. Non, ce n'est pas vrai ! L'enfant a beau tambouriner contre la porte. Houhou, je suis là ! Est-ce que vous m'entendez ? Je n'ai pas disparu. Houhou ! Pourquoi personne ne me répond ?

Au moment même où le dernier invité, ivre de sucre, quitte le chalet, l'enfant parvient à ouvrir la porte. Dans la demi-pénombre, simplement guidé par les flammes qui dansent dans la cheminée, l'enfant s'approche de la table. Un seul gâteau n'a pas été entamé, celui en forme de sapin de Noël, entièrement rose, à part l'étoile, blanche, au sommet. Le rose, sa couleur favorite.

Qu'est-ce qu'on a pu l'embêter avec ça ! Le rose n'est pas la couleur des garçons. L'enfant pousse un long soupir. Il a retrouvé la douceur rassurante du chalet. Le gâteau est un délice. N'en reste finalement que l'étoile, en meringue, qu'il croque goulûment. Jamais il ne s'est senti aussi vivant. Pour la première fois depuis fort longtemps, l'enfant sourit.

COMPOSITION ET MISE EN PAGES
NORD COMPO À VILLENEUVE-D'ASCQ

CET OUVRAGE A ÉTÉ ACHEVÉ D'IMPRIMER
SUR ROTO-PAGE
PAR L'IMPRIMERIE FLOCH À MAYENNE
EN SEPTEMBRE 2025

N° d'impression : 107622
Dépôt légal : octobre 2025
*Imprimé en France*